花間燈
絵：sune
ランジェリーガールをお気に召すまま
Lingerie girl wo okini mesu mama
Presented by Hanama Tomo
Illustration:sune

「――あら？
あなた、どちらさま？」

Lingerie girl
wo
okini mesu mama

「あ、もちろん雪菜《ゆきな》さんも綺麗よ？」

「ど、どうも……」
Lingerie girl
wo
okini mesu mama

Lingerie girl
wo
okini mesu mama
水野《みずの》澪《みお》
浦島《うらしま》恵太《けいた》

長谷川《はせがわ》雪菜《ゆきな》
北条《ほうじょう》絢《あや》花《か》
佐藤《さとう》泉《いずみ》
吉田《よしだ》真《ま》凛《りん》

Lingerie girl wo okini mesu mama

CONTENTS

ランジェリーガールを
お気に召すまま

花間 燈

MF文庫J

口絵・本文イラスト●sune

プロローグ

Prologue

「――あ、リュグの新作だ」

バイト先に向かう途中、澪《みお》が足を止めたのはとある店の前だった。

そこは駅近にあるビルの一階部分、お洒落《しゃれ》な雰囲気の漂うランジェリーショップで。

休日の昼下がりに、ひとり街を歩いていたセミロングの髪の少女は、ショーウィンドウの中の下着に目を奪われたのだ。

「かわいい……」

店のマネキンが着けていたのは、鮮やかなブルーのランジェリーだった。

そのデザインは可憐《かれん》にして美麗。

十代の少女にも、大人の女性にも似合いそうな絶妙なバランスで。

青を基調としながらも、ブラの肩紐《かたひも》とリボンはアイボリーとなっており、そのアクセントが柔らかな印象を加えている。

デザインの統一されたショーツのリボンも同様で、こちらも本当に可愛《かわい》い。

「でも、お値段はかわいくないんですよね……」

値札を確認してしょんぼりと呟《つぶや》く。

なんというか、高校生にはなかなか手が出せないお値段だった。

同じ代金で今着ている春物のスラックスと上着《カーディガン》が買えてしまう。

ただ、高めの価格設定には理由があって。

手がけているのが、コストより高品質を売りにしている会社だからだ。

ランジェリーブランド『RYUGU《リュグ》・JEWEL《ジュエル》』。

リュグの愛称で知られるこのブランドの下着は厳選された素材を使用し、全て国内の工場で生産されていて、デザインだけでなく着け心地にも定評がある。

高価であるにもかかわらず、特に若い女性に人気があり、澪《みお》こと水野《みずの》澪もまたリュグの下着に憧れる女子のひとりだった。

「いつかわたしも、こんな下着をつけてみたいけど……」

今の自分には高嶺《たかね》の花がすぎる。

どんなに恋い焦がれても気持ちは一方通行だ。

「いったい、どんな人がこんなに素敵な下着を作ってるんでしょう……」

きっと、この下着が似合うような素敵な女性に違いない。

そんなことを考えながら先を急ごうとして、最後にもう一度だけ振り返る。

横目に映ったランジェリーはやっぱりキラキラと輝いて見えて、まるで丁寧に磨き上げられた、美しい宝石のようだと思った。

◇

「男の子って、やっぱり胸の大きな子が好きなのかな？」

週明けの昼休み、二年E組の教室でそんなことを口にしたのは友人の吉田真凛《よしだまりん》だった。

同じ机を囲んだ彼女は小柄で短めのツインテールが可愛《かわい》い女の子で、椅子に座ったまま視線を正面の澪に向ける。

「みおっちはどう思う？」

「そうですね。個人的には、女の子を胸の大きさで選ぶ男子は最低だと思います」

「おお……みおっち、けっこう辛辣《しんらつ》だね……」

「でも、どうして急にそんな話を？」

その質問に答えたのは真凛ではなく、机を囲むもうひとりの友人で——

「なんかね、真凛ちゃんの好きな人がそんなことを話してたんだって」

着席していてもわかる長身と、ショートの髪がトレードマークの美人さん——佐藤泉《さとういずみ》の説明により澪の疑問はあっさりと解消された。

「ああ、なるほど。瀬戸《せと》君の話でしたか」

「ちょっ!?　名前出さないでよ、みおっち！　誰かに聞かれちゃうじゃん！」

「おっと、これは失敬」

言われて口に片手を当てる。もちろん聞こえる声では話していないけれど。

友人が想《おも》いを寄せる瀬戸《せと》君はクラスメイトなのだが、今は教室にいないようで、落ち着きを取り戻した真凛《まりん》が事情を説明し始める。

「ここだけの話なんだけどね。今年の新入生に長谷川《はせがわ》さんっていうFカップの子がいるらしくて、瀬戸君が他の男子たちとその子の胸について熱く語ってたんだよ……」

「つまり真凛は、好きな人が巨乳好きだったから落ち込んでるんですね」

「そうなんだよ～。これでも二年生になって少しは成長してるんだけどね……」

「前に聞いた時は、Bカップって言ってましたっけ」

話を聞く限《かぎ》り、瀬戸君が巨乳派であることはほぼ確実。

しかし真凛の胸は平均レベルで、適度に膨らんではいるものの、お世辞にも大きいとは言えないサイズである。

それで彼女は思い悩んでいたらしい。

「みおっちといずみんはいいよね。スタイルいいし、大人っぽいもん」

「わたしも泉《いずみ》ほど立派ではないですけどね」

「私だって、そんなに大したものでは……」

「でもいずみんはDカップでしょ？　じゅうぶん大きいじゃん」

「私はそのぶん体も大きいから。真凛ちゃんみたいに小柄なほうが可愛《かわい》いと思うよ？」

「えー？　そうかなぁ……？」

納得がいかないといった様子で真凛がペタペタと自分の胸をさわる。

「ま、真凛ちゃん、あんまり教室でそういうことしないほうが……男の子もいるから……」

「おっと、いけないいけない」

泉の指摘を受けて真凛が胸から両手を離す。

すると、チラチラとこちらを見ていた男子たちが一斉《いっせい》に目を逸《そ》らした。

「みおっちも気をつけなよ？　男はみんなオオカミなんだから」

「ふふ、そうですね」

大人ぶった友人の言い方がおかしくて笑みがこぼれる。

明るくて元気な真凛と、優しくておっとりした性格の泉。

気心の知れた友人たちと談笑していると、教室の時計を確認した真凛が席を立った。

「もう昼休みも終わりだし、そろそろ準備しないとね」

「準備？」

「次、体育だよ？　早く着替えないと」

「あー……そうでしたね……」

澪《みお》の表情がわずかに曇る。

体育が嫌いなわけではないが、少し事情があってこの授業は憂鬱なのだ。

「みおっちも、たまには一緒に着替えようよ」

「えっと……」

真凛《まりん》の言葉に一瞬、迷う。

けれど、この誘いに対する澪《みお》の返答は決まっていた。

「ごめんなさい、今日も別の場所で着替えるので」

「えーっ、またぁ!? 今まで一度も一緒に着替えたことないじゃん！ 今日こそはみおっちの胸を拝んでやろうと思ってたのにぃ……っ！」

「まあまあ、真凛ちゃん。澪ちゃんもお年頃だからいろいろあるんだよ」

「むぅ……」

興奮する真凛を泉《いずみ》がなだめてくれる。

ふたりには悪いがこれはチャンスだ。

「それでは、またあとで」

なんとかその場を誤魔化《ごまか》して席を立ち、机のフックにかけていた鞄《かばん》を手にした澪は、そそくさと教室をあとにした。

階段を下り、二階の渡り廊下を使って足を運んだのは特別教室棟にある被服準備室。

隣接する被服実習室はほとんど使用されることがなく、準備室も同様のため、隠れて事を済ますにはうってつけの場所だった。

それでも一応、周囲に人目がないことを確認してから中に入る。

しっかりとドアを閉め、部屋の中央に鎮座するテーブルの上に鞄を置く。

準備室には全身をカバーできる大きな壁掛けの鏡があって、その鏡の前に立った澪は慣れた様子で制服を脱ぎ始めた。

ブレザーは椅子の背もたれに預け、リボンを取って、スカートを下ろす。

ボタンを外したブラウスもまとめて椅子の座面に置いた。

「……わたしだって、本当は一緒に着替えたいけど……」

鏡の前に立つたび、そこに映った自分の姿にため息がもれる。

自分の体にコンプレックスがあるわけじゃない。

むしろ、容姿には恵まれているほうだと思う。

セミロングの髪は自慢のキューティクルだし、胸だって普通にある。

野菜中心の食生活によって得た無駄なお肉のない肢体はなかなかのものだ。

では、いったい何が問題かといえば――

「やっぱり、これは見せられないですよね……。こんな……くたくたにくたびれた下着なんて……」

澪の下着は、花の女子高生のイメージとはかけ離れたものだった。

胸全体を覆い隠すスポーツタイプのブラは可愛《かわい》さの欠片《かけら》もないし、ショーツも大きめで野暮《やぼ》ったい。

グレーの布地はすっかりくたびれて哀愁を漂わせているし、とてもうら若き乙女のものとは思えない残念すぎる代物《しろもの》だった。

「まあ、青春時代を共に駆け抜けた三年物だから仕方ないんですけど……上下セットでお値段、驚きの五百円《ワンコイン》でしたし……」

そんな激安下着にデザイン性や耐久性を求めるのは酷だろう。

中学時代、ショッピングモールのワゴンセールで発見した掘り出し物だったが、時間の流れは残酷というか、さすがに寿命の限界を迎えている感が否《いな》めない。

「綿100%で肌触りはいいんですけどね……。さすがにこの下着を真凛《まりん》たちに見せる勇気はわたしにはありません……」

これが真凛たちと一緒に着替えられない理由。

くたびれた自分の下着を見られるのが恥ずかしかったのだ。

「他の下着も似たようなのが二セットあるだけですし……新調するにも先立つものがありませんし……巷《ちまた》では『高嶺《たかね》の花』とか『お嬢様っぽい』とか言われてますが、実際はワンコインのパンツを大事に穿《は》き続けてるボンビーガールなんですよね、わたし……」

周囲には秘密にしているが、澪《みお》の家は貧乏だった。

少々家庭の事情があって、住まいは隙間風が厳しいボロアパート。

空いた時間は本屋のバイトをこなし、かなりの頻度で食事にもやしを出すくらいには切り詰めた生活を送っている苦学生なのである。

部屋着は中学の芋ジャージだし、美容院代と外出用の洋服代を捻出するので精一杯で、新しい下着を買う余裕などどこにもなかった。

「わたしだって、可愛い下着さえ持ってたら……」

たとえば先日、ランジェリーショップで見た下着のような。

ああいう可愛い下着があれば気兼ねなく更衣室を使えるし、人気《ひとけ》のない部屋でコソコソ着替えなくてもよくなるのに……

「──っと、早く着替えないと遅れますね」

もうすぐ昼休みも終わりだ。次の授業開始までそれほど余裕はない。

いい加減、ジャージを着ようと鏡から視線を移し、体を横に向けた時だった。

「……え？」

その瞬間、想定していなかった事態が起きて澪は全身を硬直させた。

振り向いた自分の正面、被服準備室のドアが開けられており、そこに制服姿の男子が立っていたのだ。

（な、なんでこんなところに男子が……？）

髪型は特徴的な天然パーマで、スクエアタイプの眼鏡をかけている。

そこはかとなく見覚えがあるような、しかし詳細までは思い出せない男子が何をするでもなく、無言でこちらを見つめていて――

（というか……今のわたし、下着姿なんですけど!?）

動作不良から復旧し、我に返った澪《みお》はあわあわと慌て始めた。

なにしろ本日の下着は綿100%のワンコインランジェリー。

とても人様にはお見せできないというか、ある意味、裸を見られるより恥ずかしいくたの下着姿なのである。

それをバッチリ見られてしまったのだからたまらない。

（いやいや待って？　こういう時は見ないようにするのがマナーなのでは？　視線を逸《そ》らすとか、いっそ回れ右をして立ち去るとか！）

それが紳士的な振る舞いというものだろう。

（なのに、どうしてこの人はガン見してるんですか!?）

どういう感情なのか、彼は絵に描いたような真顔だった。

しかも想定外の事態はそれで終わらない。

真顔の男子が部屋に入り、ドアを閉めたかと思うと、そのままずんずんとこちらに近づいてきたのだ。

あまりの恐怖に「ひっ!?」と短い悲鳴を漏らしてあとずさる澪だったが、無情にもすぐに背中が壁に当たってしまう。

もうどこにも逃げ場がない――絶望的な状況に澪はその身を震わせた。

(もしかしてわたし……今からこの人に襲われちゃうんじゃ……?)

数分前、友人の真凛《まりん》は言っていた。

男はみんなオオカミなのだと。

だから食べられないよう気をつけるがいいと。

こんなことなら真凛にオオカミの撃退法を聞いておくべきだった――そんなことを考えていると、すぐ目の前に件《くだん》の男子生徒が立っていた。

「あ……」

泉《いずみ》より少し高いくらいの、たぶん、男性としては平均的な身長。

それでも澪にはとても大きく見えてすくんでしまう。

逆光のせいか眼鏡のレンズが光っているのも本当にこわい。

おもむろに伸ばされた彼の両手が無防備な肩に置かれ、女子とはまったく違う大きくて硬い感触に澪はぎゅっと目を閉じた。

「――ああ、ごめん。こわがらせるつもりはなかったんだ」

「……え?」

思いのほか優しい声に、おそるおそる顔を上げる。

「ここには忘れ物を取りにきただけで、すぐに出ていくから安心してほしい」

「は、はぁ……」

彼が視線を向けた先、部屋の隅の椅子に小型のタブレット端末とペンが置かれていた。

どうやらそれが忘れ物らしい。

「ただその前に、どうしてもキミに伝えたいことがあって」

「な、なんですか……？」

いいから早く手を離して退室してほしいのだけど――

そんな本音を呑《の》み込んで言葉を待つと、彼はこちらの肩を掴《つか》んだまま、愛の告白でもするかのような真剣な表情で〝用件〟を口にした。

「よかったら、俺のパンツを穿《は》いてくれませんか？」

「…………はい？」

初めて下着姿を見られた男子はオオカミなんかじゃなかった。

女の子に自分のパンツを穿いてほしいと迫る、ただの度し難《がた》い変態だった。

第一章　変態属性男子とクールな同級生女子

Lingerie girl wo okini mesu mama

その日の放課後、帰りのHR《ホームルーム》が終わった教室で澪《みお》は机に突っ伏していた。

「まさか男の子に着替えを覗《のぞ》かれるなんて……可愛《かわい》い下着ならともかく、あんなくたくたのパンツを目撃されるなんて……いや、可愛い下着だったら見られてもいいってわけじゃないですけども……」

異性の前であそこまで肌をさらしたのは初めてだった。

男子に下着を見られたショックは想像以上で、未《いま》だに傷が癒えていないのが実情だ。

「それに……」

むくりと顔を上げ、視線を教室の窓辺に向ける。

そこには自分の席で帰り支度を始める例の眼鏡男子の姿があった。

「まさか、さっきの覗き魔がクラスメイトだったとは……」

どうりで見覚えがあるはずだ。

新学期が始まったばかりのため、クラス全員の顔を把握できているわけではないが、彼は真凛《まりん》の想《おも》い人である瀬戸《せと》君とよく一緒にいる男子だった。

（名前はたしか、浦島《うらしま》……浦島恵太《けいた》……）

某昔話の主人公に似ているので名前は憶《おぼ》えていた。

こうして見るとどこにでもいる普通の男子なのだが……

（どういう意図か知りませんが、いきなり俺のパンツを穿《は》いてくれとか言われたし、普通にこわすぎますよね……）

男子のパンツといえばトランクス？

それともまさかのブリーフだろうか？

いずれにしても自分のパンツを穿いてほしいなんて意味不明だし、通報レベルの変態発言であることに変わりはない。

「どしたの、みおっち？　なんか難しい顔してるけど」

「澪ちゃん、もしかして悩みごと？」

「真凛……泉《いずみ》……」

澪が苦悩していると真凛と泉がやってきた。

せっかくなのでふたりの意見を聞くことにする。

「変な話で恐縮なんですけど、もしも男子に俺のパンツを穿いてほしいって迫られたら、ふたりはどうします？」

「えー、なにその質問？　俺のパンツを穿いてほしいとか変態じゃん」

冗談だと思ったらしく、カラカラと笑って真凛が所感を述べる。

「まあ、もし出くわしたら相手の股間を蹴り上げて逃げるかな〜」

「私も、蹴りはしないけど一目散に逃げると思うよ」

「そうですよね」

そのレベルの変態と遭遇したら逃げるのが定石《じょうせき》だ。

「変態には関わらないのが吉《きち》ってことですね」

触らぬ神に祟《たた》りなし。

触らぬ変態に害なしである。

（とりあえず着替えを覗《のぞ》いたのはわざとじゃないみたいですし、下着を見られたのは犬にでも噛《か》まれたと思って忘れて——……って、あれ？）

そこまで考えて気がついた。

自分が今後の命運を左右するような、重大な見落としをしていたことに。

「ああぁっ⁉」

「えっ？　みおっち、どうしたの？」

「なんだか顔色が悪いけど、大丈夫？」

「あ、いえ……なんでもないんです……」

もちろん嘘《うそ》だ。

本当はぜんぜんなんでもなくない。

（まずいですね……下着を見られたということは、浦島《うらしま》君から秘密が広まる可能性があるってことじゃないですか……）

もしもワンコインランジェリーのことが噂《うわさ》になってしまったら……

想定しうる限《かぎ》り最悪のシナリオに血の気が引いていく。

着替えを覗かれた時は彼の変態発言で混乱していたし、準備室から追い出すのに必死でそこまで考えが至らなかった。

（浦島君が誰かに漏らす前に口止めしないと……くたくたのパンツを穿《は》いていることが広まったら、わたしのスクールライフはおしまいです……）

そんなことになったら二度と登校できなくなる。

この秘密だけは絶対に死守しなければならなかった。

「なんか、みおっちが百面相してる……」

「うん……どうしたんだろうね？」

真凛《まりん》と泉《いずみ》の声も、今の澪《みお》の耳には届かない。

（とにかく今は、一刻も早く浦島君と話をしなくては……）

時間が経《た》てば経つほど秘密が拡散するリスクが増す。

事情が事情なので、できれば秘密裏にコンタクトを取りたいところだが、HR《ホームルーム》が終わったばかりの教室にはまだ半数近くの生徒が残っていた。

(なんとかふたりきりになれればいいんですけど……)

人がいなくなるまでもう少し待ってみようか。

そんなことを考えながら再び窓際の席を見たところ、そこは既にもぬけの殻で——

「あれ？　いない……」

「——水野《みずの》さん、ちょっといいかな」

「え？」

後ろからの声に振り返ると、今まさに探していた浦島恵太《うらしまけいた》が立っていた。

まさか彼のほうから接触してくるとは……

思わぬ展開に驚きながら、なんとか平静を装い対応する。

「う、浦島君？　……どうかしました？」

「水野さんに昼間のことをあやまりたくて。いきなり強引すぎたよね」

「ああ、いえ……」

強引すぎたというか、むしろ変態すぎたというか。

正直、今はそんなことはどうでもよくて——

(真凛《まりん》たちがいるのに、その話はしないでほしいんですけど……)

いつ彼の口から下着の話が出てくるか気が気じゃない。

やはりこの人は危険だ。

変態だし、秘密を握られているし、いろんな意味で真凛たちに近づけたくない。

彼とふたりを引き離したいところだが、好奇心旺盛な友人が黙っているはずもなく、真凛がワクワクした様子で会話に入ってくる。

「なになに？　浦島くん、みおっちとなにかあったの？」

「ああ、うん。実は昼休みに被服準備室で――」

「!?　だ、ダメ……っ!?」

一瞬の判断だった。

慌てて席を立った澪《みお》は両手を使い、とっさに彼の口をふさいでいた。

いきなり口をふさがれた本人のみならず、それを見ていた真凛と泉《いずみ》も呆気《あつけ》に取られていたが、もうこのさい仕方がない。

それよりも、これ以上この同級生に余計なことを喋《しやべ》らせるわけにはいかなかった。

「浦島君、少しふたりきりで話がしたいのですが――」

彼の口を封じたまま笑顔で、しかし有無を言わさぬ口調で告げる。

「もちろん、いいですよね？」

人目を避《さ》けるため、恵太を連れてやってきたのは例の被服準備室だった。

部屋のテーブルを挟み、彼と向かい合って座った澪《みお》が口火を切る。

「ご足労をおかけしてすみません」

「別にいいよ。こっちも水野《みずの》さんに話があったし。俺のほうこそ、着替え中に部屋に入ったりしてごめんね」

「いえ、アレは鍵をかけてなかったわたしも悪いですから」

まさかこんな場所で女子が着替えているとは思わないだろう。

謝罪はいらないので早く忘れてほしい。

「ところで、水野さんはどうしてこんな場所で着替えを？」

「まあ、いろいろと事情がありまして……」

「事情？　更衣室が満員だったとか？」

「これ以上は黙秘します。話したくないので」

「そ、そう……」

叱られた子犬のようにしゅんとする恵太《けいた》氏。

少し冷たくしすぎただろうか。なんとなく罪悪感を覚えながら、それでも相手に弱みを見せないよう、毅然《きぜん》とした態度で話を続ける。

「わたしの用件はひとつだけです。さっきここで見たことを——わたしの下着のことを、誰にも言わないでほしいんです」

「誰にも知られたくないんですよ。わたしが綿100%の、くたくたのパンツを穿《は》いてることを」

「？　どういうこと？」

「ああ、たしかにちょっと年季が入ってたかも……」

「思い出さなくていいですから。……というか、誰にも言ってないですよね？」

「言ってない言ってない」

「結構《けっこう》。では、今後も口外しないと誓ってください」

「言わないよ。言いふらす趣味もないし」

「そ、そうですか……」

拍子抜けするほどあっさりと承諾してもらえた。

（浦島《うらしま》君って、案外いい人なのかも……？）

昼間の変態発言もあるし、秘密を守るかわりによからぬ要求をされないか心配だったのだが、どうやら杞憂《きゆう》に終わったらしい。

「わたしの話はこれで終わりです。浦島君も話があるんですよね？」

「ああ、うん。そうだね……」

頷《うなず》いて、恵太が姿勢を正す。

「率直に言うと、もう一度服を脱いで裸を見せてほしいんだ」

「…………」

思わず彼の顔を見た。

眼鏡の奥の目はどこまでも真剣で、今の問題発言も至って本気らしいが、この場合はむしろ本気のほうが問題だ。

「念のために確認しますが……なんのために？」

「水野《みずの》さんの全てを知りたくて」

「通報しましょう」

すかさずスマホを取り出すと、彼が慌てたように止めてくる。

「ちょっ、タイムタイム！　誓って変なことをするつもりはないから！」

「女の子に服を脱げと要求するのはじゅうぶん変なことだと思いますが……じゃあ、いったいなにが目的なんですか？」

「そうだね。最終目標は、水野さんに俺のパンツを穿《は》いてもらうことかな」

「やっぱり通報案件じゃないですか」

「きっとよく似合うと思うんだよね」

「似合ったら困るんですけど……」

男物のパンツが似合うと言われても嬉《うれ》しくない。

「下着姿の水野さんを見た時に思ったんだ。この子、めちゃくちゃいい体してるなって」

「そう！　水野さんは本当に素晴らしいボディの持ち主なんだよ！」

突然、声を張り上げて恵太《けいた》が身を乗り出した。

「バストは制服の上からでもわかるくらいしっかりあるし、小振りなお尻も大変キュートだし、線は細いのに出るところは出ているまさに理想の体型！　そんなナイスバディな水野さんに、どうしようもなく俺のパンツを穿いてほしいんだ！」

「うわぁ……」

ここまでストレートなセクハラは初めてだった。

自分の体についてこれほど言及されたのも初めての体験だし。

俺のパンツを穿いてほしいという発言に至っては、仮に相手が愛《いと》しい恋人だったとしても余裕で断るレベルの案件だと思う。

（変態なのは知ってましたが、想像以上にハイレベルな変態なんですけど……）

幸い、こちらの用件は既に済んでいる。

これ以上の長居は無用と判断した澪《みお》は、早々に退散しようと席を立った。

「すみませんが、浦島《うらしま》君の要求を呑《の》むつもりはないので諦めてください」

「わかった。今日のところはいったん引きさがるよ」

「いったんと言わず、永遠に引きさがってほしいんですけど……」

「そこはほら、諦めたらそこで試合終了だし、水野《みずの》さんがその気になるまで気長に説得させてもらうことにするよ」

「そうですか。無駄だと思いますけど頑張ってくださいね」

彼の変態プレイに付き合う義理はない。

もちろん裸を見せる気はさらさらないし、どうせすぐに諦めるだろうと適当に受け答えをして澪《みお》は部屋をあとにしたのである。

◇

結論から言うと浦島恵太《うらしまけいた》は諦めなかった。

着替えを覗《のぞ》かれたその日を境に、澪を説得するという大義名分のもと、ところかまわず付きまとうようになったのである。

「水野さん、おはよう！　今日も綺麗《きれい》なヒップラインだね！」

たとえば朝、校内で遭遇すると必ず挨拶してくるようになり、

「水野さんは、何色の下着が好きなの？」

次第に世間話のノリでセクハラまがいの質問をするようになって、

「ねーねー水野さん、そろそろ俺のパンツを穿《は》いてくれる気になった？」

最終的には顔を合わせるたびに通報レベルの問題発言をするようになった。

厄介なのは、澪にとって破滅クラスの『秘密』を握られていることだ。

例のパンツのことは誰にも喋《しやべ》らないと約束してくれたが、いつ相手の気が変わるかわからないし、そのせいであからさまに無視することもできなかった。

更に面倒《めんどう》なことに、恵太との絡みが増えたことで新たな問題も発生していて——

「なんだか最近、みおっちと浦島くん急接近してるよね？」

「クラスでも噂《うわさ》になってるよ。ふたりが付き合い始めたんじゃないかって」

「何度も言ってますが、わたしと浦島君はそういう関係じゃないですから」

こんな感じで、真凜《まりん》と泉《いずみ》がふたりの関係を邪推するようになっていた。

ちなみに澪たちがいるのは学校の渡り廊下で、お昼の陽光が差し込む窓辺に三人で集まり、中庭を眺めながら世間話に花を咲かせている状況だ。

「でも、みおっちも浦島くんに懐かれて悪い気はしないんじゃない？」

「顔を見るたびに駆け寄ってくるし、澪ちゃんのことが大好きって感じだもんね」

「実際はそんなかわいいものじゃないですけどね……」

それだけ聞くと犬系男子のようにも思えるが、あいにくその実態は変態系男子。

駆け寄ってくるのも変態プレイの勧誘が目的なのに、周囲の人間には恵太が澪に言い寄っているように見えるらしい。

（まあ、浦島《うらしま》君も悪い人ではないと思いますが……）

今のところ秘密を守ってくれているし、変態なところを除《のぞ》けば好青年だと思う。

ただ、だからといって油断はできない。

根っからの悪人ではなくても、彼の正体は女の子に己のパンツを穿《は》くよう迫る『パンツ穿かせ魔』なのだから。

「そうだ、みおっち。今度、みんなで下着を見にいかない？」

「え？　下着ですか……？」

「駅の近くにね、可愛《かわい》いお店を見つけたから、三人で選びっこできたらなって」

「あ、うーん……それは……」

駅近のお店というのは、おそらく例のランジェリーショップのことだろう。

下着の選びっこは楽しそうだが、やはり秘密は知られたくない。

入店するだけならともかく、下着を選ぶとなれば見せ合いっこもするだろうし、下着バレするような危険を冒すわけにはいかなかった。

「……ごめんなさい。下着はひとりで買うようにしてるので」

「そっかー……ざんねん……」

誘いを断ると、真凛《まりん》が寂しそうに肩を落とした。

その瞬間、罪悪感がチクリと澪《みお》の胸を刺す。

落ち込ませたくなんかないのに、つまらない見栄《みえ》を張って、大切な友人にこんな顔をさせてしまう自分が嫌になる。

「それなら、今度のお休みは三人でお洋服を見にいこうよ」

「おおっ！　いずみん、ナイスアイデア！」

「はい、それなら……」

泉《いずみ》が出してくれた代案に真凛が賛同し、澪も頷《うなず》く。

ふたりの気遣いは嬉《うれ》しい。

ただ、同時に申し訳ない気持ちにもなる。

それは、彼女たちに対して隠し事をしている後ろめたさがあるからだ。

真凛も泉も、事情を知っても笑うような子たちじゃないのはわかっている。

だけど、それでも本当の自分を見せるのはこわかった。

ふたりのことを信じていないみたいで、こんなことを考える自分が本当に嫌で――

ドロドロとした暗い感情が、まるでサイズの合っていないブラを着けた時のように、澪の胸を強く締めつけたのだった。


その日の夜、遅めの夕食を済ませた澪はお風呂に入っていた。

「はぁ……いい加減、浦島君《うらしま》も諦めてくれたらいいのに……」

肩まで湯船に浸《つ》かって、せっかくのリラックスタイムなのに、出てくるのは最近なにかと話題の同級生男子に対する愚痴である。

「浦島君のせいで、真凛《まりん》たちも妙な勘違いをしてますし……」

別に求愛されているわけじゃない。

単に付きまとわれているだけだ。

俺のパンツを穿《は》いてほしいと、この世の終わりみたいな台詞《せりふ》を唱えながら。

「浦島君は、どうしてパンツを穿かせようとするんでしょう……」

彼を突き動かす動機がわからない。

「自分のパンツがわたしに似合うと思ってるみたいですし、きっと女の子に男物のパンツを穿かせて興奮する特殊な趣味の持ち主なんでしょうね」

その後、お風呂から上がった澪《みお》は中学時代のジャージに着替えて脱衣所を出た。

弟の部屋の前でお風呂が空いたことを告げて自室に戻る。

澪の部屋は六畳の和室で、それほど物はなく、収納の類《たぐい》も最低限。

机もないので、勉強する際はちゃぶ台を引っ張り出してやっていた。

今日は本屋のバイトで疲れていたし、明日もお弁当と朝食の準備がある。

早めに就寝しようと思い、布団を敷くため部屋の押入れを開く。

すると、下段の収納スペースに無造作に置いてあった紙袋が倒れて、その勢いで袋から中身が飛び出した。

「あ……」

畳の上に姿を見せたのは、桃色が綺麗《きれい》なひと組のランジェリー。

タグが付いたままになっているそれは、三セットあるワンコインランジェリーとは別物の、とても可愛《かわい》い下着で——

「………」

表情を曇らせた澪が、無言でブラとショーツを拾い上げる。

「これが使えてたらよかったのに……」

静かにそう呟《つぶや》いて、下着を入れ直した紙袋を元の位置に戻す。

当初の予定通り上段の収納スペースから布団を取り出すと、不都合な事実から目を逸《そ》らすように押入れの戸を閉めた。

◇

週明けの朝、澪が登校すると昇降口の前で恵太《けいた》と鉢合わせになった。

「おはよう、水野《みずの》さん」

「あはは、今日も安定の塩対応だね」

「なんで嬉《うれ》しそうなんですか？」

こちらの塩対応もなんのその、先に靴を履き終えた澪《みお》が歩き出すと、同じく上履きに履き替えた恵太《けいた》が何食わぬ顔で横に並んでくる。

「気になってたんだけど、水野《みずの》さんって他のブラはしないの？」

「いきなりなんですか？」

「だって、今日も例の綿１００％のブラをしてるから」

「なんでわかるんですか……」

思わず胸元を手で隠してしまった。

息をするように女子の下着を言い当てないでほしい。

「わたしがどんなブラを使おうと浦島《うらしま》君には関係ないと思います」

「関係ないなんてことはないよ。せっかく素晴らしい胸をお持ちなのに、スポーツタイプのブラじゃ水野さんの谷間が拝めないじゃないか」

「ご心配なく。浦島君に谷間を見せる予定はありませんので」

「もしかして水野さん、あんまり下着を持ってないとか？」

「…………」

「うわ、また出た……」

核心を突かれて足を止める。

同じく立ち止まった彼に視線を向けて、それから深いため息をついた。

「……まあ、浦島君に隠してもしょうがないですよね」

既に例の下着を見られているのだし、ここで見栄《みえ》を張る必要はないだろう。

「ご指摘の通りですよ。うちが少し金銭的に厳しくて、下着を新調する余裕がないんです。部屋着は基本的に中学のジャージですし。いちおうバイトもしてますが、外出用の服を買ったり、日用品を揃《そろ》えたり、女の子はなにかと入り用なんです」

「そうだったんだ……」

「連帯保証人の話とか、母親が出ていった話とかも聞きます?」

「いや、遠慮しておくよ」

「賢明ですね」

他人の家の事情なんて、聞いたところで面白くもなんともない。

「でも大丈夫ですよ。実際、下着は三セットあればなんとかなりますし。幸いなことに、ここ二年くらい胸もCカップのまま成長してませんから」

「え？　Cカップ？」

「あ……」

完全に失言だった。

自分の失態を棚に上げ、乙女の秘密を知った不届き者にジト目を向ける。

「女の子に胸のサイズを言わせるとか最低だと思います」

「今のは完全に水野《みずの》さんの自爆だと思うけど……というか、Cカップって……」

釈然としない様子で恵太《けいた》が呟《つぶや》く。

何かが引っかかっているようだが、そんなにおかしなことを言っただろうか。

「じゃあ、わたしは先にいきますね」

「あ、待って水野さん。今日の放課後なんだけど、少し時間をもらってもいいかな？　水野さんに見せたいものがあるんだ」

「気が乗らないのでお断りします」

「清々《すがすが》しいほどストレートな断り文句だね」

「浦島《うらしま》君のことだから、ゴールデンで放送できないようなものを見せてきそうですし」

「そんな変なものじゃないから大丈夫だよ」

「本当に？　俺のパンツを見てほしいとか言ってズボンを脱ぎ出したりしませんか？」

「俺にそんな趣味はないし、それが済んだらもう水野さんに付きまとうのはやめるよ」

「うーん……」

しばし考える。

正直、気は乗らないが、ストーカー行為をやめてくれるのは大歓迎だ。

（ここで断っても、延々と追い回されそうですし……）

その未来は容易に想像できるし、それならさっさと済ませて帰るほうが建設的だろう。

「わかりました。それでは放課後、被服準備室に集合ということで」


そうして迎えた放課後、掃除当番を終えた澪《みお》は鞄《かばん》を手に教室を出た。

既に下校ラッシュは終わっており、落ち着きを取り戻した校舎を歩いて特別教室棟に向かうと、集合場所である被服準備室の前に立つ。

社交辞令で「浦島君、お待たせしました」と挨拶を口にしながらドアを開けて——

「ハァハァ……これは実に素晴らしいパンツだ……」

「……え？」

そこで開催されていた狂宴《きょうえん》に澪は言葉を失った。

それはちょっと他に類を見ないというか、到底現実とは思えない恐怖映像で——

部屋の中央に立った恵太が、女物のパンツを両手で掲げ持ち、その純白の下着《ショーツ》を恍惚《こうこつ》とした表情で検分していたのである。

（え、なに？　浦島君はなにをしているの？　なんでナチュラルに女の子のパンツを持ってるの？　ま、まさか盗難……？）

脳裏に浮かぶ『下着泥棒』の文字。

とんでもない変態行為を見せつけられ、彼に対する警戒心が最高潮に達《たっ》したところで変態がこちらに気づいた。

「あ、水野《みずの》さん、ちょうどいいところに」

「ひっ!?」

「そんなところに立ってないで、こっちにきて話を――」

「お断りします！」

その瞬間、とっさに澪《みお》が取った行動は逃走だった。

身の危険を感じると同時に踵《きびす》を返し、一目散にその場から逃げ出したのである。

「水野さん!?　どうして逃げるの!?」

「いやああっ!?　ついてこないでください！」

顔だけ振り向くと背後から変態が追ってきていた。

奴《やつ》に捕まったら最後、無理やりパンツを脱がされ、しげしげと検分されてしまうかもしれない――そんな恐ろしすぎる想像が澪の足を更に加速させた。

変態の追跡を振り切って一階に下りる。

昇降口にたどり着くと、過去いちばんの速さで靴を履き替え、学校を飛び出した。

後ろから延々と彼の声がしていたが、振り返ることなく逃走を続行。

捕まればひん剥《む》かれるかもしれない恐怖の鬼ごっこなのだから必死にもなる。

それからどれくらい走っただろうか。

しばらくは一定の距離を保ってついてきていた恵太《けいた》だったが、どうやら彼は運動が得意なタイプではないようで、しばらくすると姿が見えなくなった。

「ふぅ……どうやら撒《ま》いたみたいですね……」

歩道の上で足を止め、背後を確認して安堵《あんど》する。

「それにしても、さっきのパンツはなんだったんでしょう……まさか本当に下着泥棒に手を染めてしまったんでしょうか……」

そんな人ではないと信じたいが、他にあの状況に至る理由が思いつかないのも事実。

女物のパンツを所持していた時点でほぼ有罪確定だし、そろそろしかるべき機関に相談するべきかもしれない。

「……あれ？　そういえば、ここって……」

改めて周囲を見回すと、澪が立っていたのは駅近くのビル街だった。

逃げるのに夢中で気づかなかったが、無意識に自宅のある住宅地ではなく、バイト先に向かう道を走っていたらしい。

それも、澪が足を止めたのは奇《く》しくも例のランジェリーショップのすぐ傍《そば》で。

お店のショーウィンドウには一週間前と同じ、リュグの新作が展示されていた。

「やっぱり、リュグの下着は可愛《かわい》いですね」

「ありがとう」

「え？」

横からの声に振り向くと、そこにいたのは額に汗を浮かべた浦島恵太《うらしまけいた》だった。

「う、浦島君!?」

「やあ。水野《みずの》さん、足はやいんだね。危うく見失うところだったよ」

「撒《ま》いたと思ったのに……」

彼の諦めの悪さを侮《あなど》っていた。

追跡を撒いたうえでどこかに身を隠すべきだったのかもしれない。

「それより、どうして浦島君がお礼を言うんですか？」

「だってそれ、俺が作った下着だからね」

「……へ？」

一瞬、彼の言葉の意味が理解できなかった。

世間話をするような軽い口調で、何かとんでもないことを言い放った同級生に、澪《みお》がおそるおそる確認を取る。

「え、なに？　浦島君が作った？　この下着を？」

「うん、そう」

「それって……浦島君がチクチク縫ったってことですか？」

「いや、そういうのは専門の工場に頼むんだけど……えっと、ちょっと待ってね」

そう言って、恵太が所持していた鞄《かばん》から小型のタブレット端末を取り出す。

それは着替えを覗《のぞ》かれたあの日、彼が被服準備室に置き忘れていたもので。

慣れた様子でタブレットを操作すると画面を見せてくる。

「これって……」

それを見た澪の声は驚きで震えていた。

表示されていたのは手書きと思われるイラストで、驚くべきことに、ショーウィンドウに飾られている下着の詳細なデザイン画だったのだ。

「実は俺、リュグのランジェリーデザイナーなんだ」

「ら、ランジェリーデザイナー……？」

「これが俺の名刺です」

「うわ、本当だ……」

受け取った名刺には『RYUGU《リュグ》・JEWEL《ジュエル》』のブランド名と『ランジェリーデザイナー』の役職名、それから『浦島恵太』の名前が鮮明に印字されていた。

こんな決定的な証拠を見せられてはもう認めるしかない。

「じゃあ、本当に浦島君がこの下着を……？」

「うん。だから、水野《みずの》さんが可愛《かわい》いって言ってくれて嬉《うれ》しかったんだ」

「……………」

本当に嬉しそうに笑う同級生を呆然《ぼうぜん》と見る。

いろいろ想定外の展開に頭が追いつかない。

（まさか、憧れの下着を作ってたのが同級生の男の子だったなんて……）

しかも同じ学校のクラスメイトだなんて、そんなミラクルがあるだろうか。

「あれ？　それじゃあ、さっき学校で見てたパンツは……」

「ああ、アレは俺がデザインした新作の試作品だね」

「てっきり下着泥棒になったのかと思いました」

「あはは、いいパンツができたから見惚《みと》れてただけだよ」

「それはそれでどうかと思いますが……」

学校で彼が持っていたパンツはその試作品だったようだ。

下着泥棒の容疑は晴れたが、まだ幾つか疑問は残っている。

「もしかして、わたしに見せたいものってあのパンツだったんですか？」

「そのへんの事情も含めて説明したいんだけど……立ち話もなんだし、よかったら俺の仕事部屋にこない？」

「えっ、浦島《うらしま》君の仕事部屋⁉」

「お、興味ある？　すぐ近くなんだけど、自宅が職場なんだ。新しい下着のデザイン画とかもあるよ」

「新しいデザイン……ま、まあ、ちょっと見るだけなら……」

誘惑に負けて思わず了承してしまった。

自分でもチョロいと思うが、好奇心には勝てなかったのである。

恵太《けいた》の自宅は中層マンションの一室だった。

エレベーターで彼が押したのは七階のボタンで。浦島家にお邪魔すると玄関から広い廊下が伸びており、いくつか並んだ扉のうち、手前のドアを開けて中へと案内された。

「わぁ……」

仕事部屋を兼ねているからだろうか、十畳ほどの広い部屋にはベッドやデスク、本棚やプリンターなどが置かれ、大きめのテレビにソファーも完備されている。

男の子の部屋というよりはまるでホテルの一室のようだ。

ただ一点、その中で異彩を放っているというか、一般家庭の個室には似つかわしくない物体がデスク脇に鎮座して――

「マネキンがある……」

「手足がないタイプだから、正確にはトルソーだね」

「手足どころか頭部もないですけど」

よくお店で見かけるし、被服準備室にもあったが、個人のお宅で見たのは初めてだ。

金属製の台座があって、これまた金属のパイプが台座と肌色の胴体部分を繋《つな》いでいる立派な作りで、そんな妙にリアルなトルソーには黄色のブラとパンツが装着されていた。

「この下着も新作ですか？」

「それはまだ試作段階だけどね。商品になるのはもう少し先かな」

「そうなんですね」

トルソーのおかげで異性の部屋に対する緊張はどこかへいってしまった。

雰囲気が私室というより『仕事場』なので、これで緊張しろというほうが難しい。

「これが、リュグのデザイナーの仕事部屋……」

ここから新しい下着が生まれていると思うとワクワクする。

なかでも特に興味を引かれたのは、机に散らばっていた無数のデザイン画。

素人の澪《みお》にも、その数が尋常じゃないことがわかる。

色とりどりの下着の絵と書き込みからは、さっと目を通すだけで気の遠くなるほどの試行錯誤のあとが読み取れた。

「これ、ぜんぶ浦島《うらしま》君が描いたんですか？」

「そうだね。最近はずっとそのデザインに取りかかってたんだけど。——ようやく昨日、試作品が届いたんだ」

彼が鞄《かばん》から取り出したのはオシャレな紙袋。

それ自体が高価そうな、さりげなく『RYUGU《リュウグ》・JEWEL《ジュエル》』のロゴが入ったその袋の中に彼のデザインした試作品が入っているらしい。

「水野《みずの》さんに、いちばんに見てほしくてさ」

「どうしてわたしに？」

「水野さんをイメージして作った新作だからね。準備室で着替えを覗《のぞ》いた時、強烈なインスピレーションを受けたんだよ」

「なぜそこからインスピレーションを……」

「それより水野さん、よかったら着けてみてくれないかな」

「え？」

「試作品だから、着け心地とか感想を教えてくれると嬉《うれ》しいんだ。もちろん、時間があればでいいんだけど」

「時間は大丈夫ですけど……でも……」

「水野さん……？」

了承の返事ができず、目を伏せてしまう。

リュグの下着を試着するまたとない機会だが、素直に頷《うなず》けない事情が澪《みお》にはあった。

「浦島《うらしま》君には黙ってたんですけど……わたし、高校に進学した頃に、バイト代で一度だけ可愛《かわい》い下着を買ったことがあるんです」

購入したのは、通販サイトで見つけたランジェリーだった。

通販を利用したのはお察しの通り、くたびれた下着で入るのが恥ずかしくて、お店に足を運べなかったからだ。

「わくわくしながら到着を待って……だけど、いざ届いてみたらブラのサイズが合ってなくて……自分なりに調べて選んだんですけどね」

自嘲気味に澪が笑う。

リュグの下着ほどではないにしろ、もちろん自分にとっては大きな出費だったし、その下着が合わなかった時のショックは計り知れないものだった。

(真凛《まりん》がBカップで、泉《いずみ》がDカップだから、ふたりの間のわたしはCカップのはずなのに……)

ずっとスポーツタイプのブラを使っていて、カップの付いたブラは初めてで。

いったい何が間違っていたのかも、下着初心者の澪にはわからなかった。

(誰かに相談できたら違ったのかもしれませんが……)

それと同時期、当時のクラスの子たちがしていた話を偶然聞いてしまったことがある。

自分で下着を買ったことがないという女の子に対して、別の子が「自分のブラのサイズがわからないとか、そんな子どもじゃあるまいし」と笑いながら言ったのだ。

別に、自分が言われたわけじゃない。

その子も悪気があったわけじゃないだろう。

言われた子も「だよねー」と笑って応えていたし。

だけど、その言葉は澪の心を深くえぐった。

高校生にもなって下着に関して無知な自分が、とても恥ずかしく思えたから。

普通であれば真っ先に頼るはずの母親はずいぶん前に家を出ていたし、そんなことがあったから友人にも相談できず、サイズの合わないブラを袋に戻すしかなくて——

「結局、その下着は使われることなく押入れに仕舞《しま》い込んで……。それがなんとなくトラウマになって新しい下着に手が出せなくなったんです。もしもあの時みたいにサイズが合わなかったらと思うと、どうしても……」

それが、澪が下着を新調できない本当の理由。

当時のことが脳裏をかすめて、新しい下着をつけるのがこわかったのだ。

「なるほどね。そんなことがあったんだ……」

「はい……」

「でも、今回は大丈夫だよ。ちゃんと水野《みずの》さんにぴったりだから♪」

「……え？」

「さあ、いこうか。脱衣所は向こうにあるんだ」

「へっ？　あっ？　ちょっと浦島君《うらしま》……っ!?」

笑顔の恵太《けいた》に背中を押されて部屋を出て、向かったのは廊下にある引き戸の前。

「さすがに下着姿を見せろとは言わないから安心してよ。あとで着けてみた感想を聞かせてくれるだけでいいから。──それじゃあ、ごゆっくり〜」

一方的に喋《しゃべ》った恵太に紙袋を渡され、そのまま脱衣所に入れられてしまった。

「浦島君って、けっこう強引ですよね……」

女子のスタイルについて熱く語ったり、自作のパンツを穿《は》かせようとしたり。

なんというか、いろいろとめちゃくちゃな人物だと思う。

「でも……」

受け取った紙袋をじっと見る。

この中には、まだ発表されていないリュグの新作が入っていて、今か今かとお披露目《ひろめ》の時を待っているのだ。

そう思うと心が震える。

未《いま》だにトラウマの影はちらついているが、この下着はつけてみたい──

リュグの下着に憧れる澪《みお》にとって、その誘惑は抗《あらが》いがたいものだった。

「せっかくだし、ちょっと試してみるだけなら……」

誘惑に負け、試着することにした澪はいったん紙袋をわきに置く。

そうして慣れない場所に緊張しながら、たどたどしい手つきで制服を脱ぎ始めた。

いつもの通り、ブレザー、スカート、ブラウスの順にパージしていき――

「あ、ついクセで靴下も脱いじゃった……まあ、どうせ誰も見てないですし……」

靴下を脱いだあとで、ブラとショーツも脱ぎ捨てた。

ひとの家で裸になるのはなんだか妙な気分で。

なんとなく背徳感を覚えながら紙袋から下着を取り出す。

真新しいショーツに足を通し、ブラジャーのホックに手間取りながらも、なんとか装着して――

全ての工程を終えた澪は、洗面台の鏡に映った自分の姿を見た。

「あ……」

それは、透き通るような水色のランジェリーだった。

バストを優しく包むブラは柔らかな仕上がりで、カップ上部のラインに沿って純白のレースがあしらわれ、さりげなく可愛《かわい》さを演出している。

デザインの統一されたショーツも負けず劣らず愛らしく。

ブラの胸元とショーツの上部には、それぞれ同じ水色のリボンが添えられていた。

シンプルでありながら繊細なデザイン。

水色を基調とした下着は柔らかさと清涼感があって。

そのあまりの可憐《かれん》さに、息をするのも忘れて見入ってしまう。

「素敵……」

本当に、いつまでも見ていられるような素敵なランジェリーだ。

懸念していたブラのサイズもまったく問題なく、まるで最初から澪《みお》のために仕立てられたように完璧に体にフィットしているし、その着け心地も極上のものだった。

「なにこれ、すごい……ほんとうにすごい……っ」

シンデレラの魔法が存在するなら、きっとこんな感じなのだろう。

まるで物語のヒロインに生まれ変わった気分。

鏡に映った、可愛《かわい》い下着をつけた自分の姿に信じられないくらいドキドキして、いてもたってもいられず脱衣所を飛び出した澪は彼の部屋に駆け込んでいた。

「浦島《うらしま》君っ!!」

「えっ？　……み、水野《みずの》さん？」

例のトルソーの前にいた恵太《けいた》が振り返り、目をぱちくりさせる。

そんな同級生に詰め寄った澪は、両手で彼の手を取った。

「すごいです浦島君！　どうしたらこんなに素敵な下着が作れるんですか!?　ブラもショ

ーツもぴったりですし、可愛《かわい》くて綺麗《きれい》で、本当に素敵です！　――あっ、そうだ写真！　写真を撮らないと！」

「ちょ、ちょっと待って水野《みずの》さん！　とりあえず落ち着こう！」

「こんなの、落ち着いてなんていられません！」

「それでも、いったん冷静になったほうがいいと思うんだ……」

「？　浦島《うらしま》君？」

「その、非常に言いづらいんだけど……今の水野さん、下着オンリーのやんごとなきお姿だから……」

「……へ？」

言われて自分の体を見下ろす。

目に飛び込んできたのはブラに包まれた胸の谷間で。

衣服どころか靴下すら履いていない、半裸の女子高生の姿がそこにはあった。

「いやあああっ!?　浦島君の変態！」

「俺、今回は本当になにもしてないけどね」

そんな彼の主張に応える余裕もなく、澪《みお》は慌てて自分の体を抱きしめる。

しかし、それくらいでどうにかなる露出度じゃない。

であれば退室すればいいだけなのに、そんな簡単なことすら思い至らず、経験したことのない恥ずかしさで頬《ほお》が燃えるように熱くなっていく。

するとみかねた恵太《けいた》がブレザーを脱いで、むき出しの肩にそっと上着をかけてくれた。

「あ、ありがとうございます……」

「こちらこそ、素晴らしいものを見せてくれてありがとう」

「お礼を言われても困るんですが……」

視線が恥ずかしくて、彼に借りたブレザーの前を手で押さえる。

「それにしても、水野さんがこんなに喜んでくれるとはね」

「まあ、実際とても素敵な下着でしたし……」

本当に、文句のつけようのない素晴らしいランジェリーだと思う。

「でも、浦島君はどうしてわたしのサイズがわかったんですか？　この下着、採寸なしで作ったとは思えないくらいぴったりですけど……」

「ああ。仕事柄、下着姿を見ればだいたいのスリーサイズがわかるんだよね」

「なんていかがわしい特殊能力……」

「ちなみに水野さんのバストは84センチで、ブラのサイズはDカップだね」

「Dカップ？　でも、わたしより大きい友達もDカップだって……」

「それはたぶん、アンダーが大きいからだと思うよ」

「アンダーって、アンダーバストのことですよね？」

アンダーバストは実際の胸囲となるトップバストとは異なり、胸の真下から背中にかけての数値のことで、ブラのサイズを決める重要な目安でもある。

「トップとかアンダーとか、そのあたりはいろいろ複雑だから簡単に説明するけど――たとえば同じ高さのお城がふたつあるとするでしょ？」

「お城……」

「ふたつのお城の高さは同じでも、片方だけ土台になる石垣《いしがき》を高くしたらどうなる？」

「それは……お城全体の高さが石垣のぶんだけ大きくなるのでは？」

「その通り。要は、そのお城が女の子でいうおっぱいで、石垣がアンダーバストなんだよ。同じカップ数でも、土台になる胴体部分が大きいとそのぶん胸も大きくなるんだ」

「ああ、なるほど！」

とてもわかりやすい説明だった。

長身の泉《いずみ》は体が大きいため、そもそもの土台が澪《みお》よりも大きいという理屈だ。

「バストの大きさとカップのサイズは必ずしも比例しないんですね」

「そういうこと。カップサイズはトップバストからアンダーを引いた値《あたい》で決まるからね」

いわゆるスリーサイズのバストはトップバストのことを指す。

ブラのカップはトップとアンダーの差が大きいほど上のサイズになるわけだ。

ちなみに、トップとアンダーの差が17・5センチ前後ならDカップになるらしい。

15センチ差ならCカップ。

20センチ差ならEカップという具合である。

「ブラジャーのサイズ規格だとアンダーバストは5センチ単位で区切られているから、水《みず》野《の》さんのブラはアンダー65、友達の子はたぶん70だろうね。同じDカップでも、トップバストが5センチも違えば実際の大きさもかなり違ってくるよ。細身の子はカップ数が同じでも胸が小さく見えがちだから、サイズを勘違いしてる子もけっこういるんだ」

「そっか……わたしはDカップだったんですね……」

ずっとわだかまっていた悩みがあっさり解決してしまった。

自分が購入したブラのサイズは『C65』――アンダー65のCカップのもので。

対して実際のサイズは『D65』なので、体に合うはずがなかったのだ。

「ありがとうございます。これでブラを新調しても失敗せずに済みそうです」

「どういたしまして」

感謝を告げると、嬉《うれ》しそうに恵太《けいた》が笑う。

「よかった。水野さん、元気になったみたいで。学校で着替えを見た時、鏡の前で暗い顔をしてたから気になってたんだ」

「見てたんですか……」

そういえば、こちらが彼に気づいた時には既にドアが開いていた。

もしかしたら、あの時の独り言も聞いていたのかもしれない。

「ランジェリーデザイナーとしては、下着で悩んでる女の子を放っておけないからね。またなにか困ったことがあったら、俺に相談してくれていいから」

「相談……してもいいんですか？」

「もちろん」

「……っ、そ、それじゃあ、そうさせてもらいますね」

混じりけのない笑顔を向けられ、一瞬だけ言葉に詰まったのは、不覚にも泣きそうになったからだ。

澪《みお》はこれまで、ずっと他人に弱みを見せないように生きてきた。

仕事で忙しい父はほとんど家にいなかったし、ふたつ年下の弟はまだまだ子どもで、母親が家を出ていってからは弱音を吐くことは許されないと思っていた。

新調した下着が合わなかった時、誰にも相談できなかったのはそんな理由もあって。

つまらない見栄《みえ》を張って。

しなくてもいいやせ我慢をして。

日々、自分の中で擦り減っていく何かから目を逸《そ》らしたままここまできてしまった。

くたくたのパンツが限界だったように、ひとりで頑張るのはもうとっくに限界で。

だからこそ、彼が頼ってもいいと言ってくれたことが本当に嬉《うれ》しかったのだ。

「そうだ、水野《みずの》さん。その下着、よかったらもらってよ」

「え？　でもこれ、大事なものなんじゃ……」

「試作品だし、予備もあるから問題ないよ。二回も下着姿を見せてくれたお礼ってことで」

「好きで見せたわけじゃないですから」

顔を背けながら言い返すと、それに少し笑って恵太《けいた》が正面からこちらを見る。

「俺さ、水野さんにひとめ惚《ぼ》れしたんだ」

「えっ？　ひ、ひとめ惚れ……？」

「水野さんは俺の好みど真ん中の、理想のカラダの持ち主なんだよ」

「最低すぎます……」

一瞬、告白されたのかと思ってしまった。

「それで、実際に俺の下着をつけてもらって確信した。水野さんがいればもっといいランジェリーができる……誰も見たことのない、最高の下着を作るのも夢じゃないって」

「それって、どういう……」

「今日はその話がしたかったんだ。もしよかったら、俺の下着作りに協力してくれないかな？　理想の下着を作るために、水野さんにモデルをやってほしいんだ」

「モデル……ですか？」

「モデルといっても雑誌に載るようなやつじゃなくて、今回みたいに試作品を試着してもらったり、着け心地とか感想を聞いたりする、どちらかといえばモニター的な役割だね」

「ああ、俺のパンツを穿《は》いてほしいって、そういう意味だったんですね」

謎は全て解けた。

俺のパンツというのは浦島《うらしま》君愛用のトランクスのことではなく、彼がデザインしたランジェリーのことだったのだ。

「それで、どうかな?」

「興味はありますけど……でもそれって、浦島君に下着姿を見せるってことですよね?」

「そうなるね」

「さすがにそれは……」

モデルをするとなれば当然、体をじっくりと観察されてしまうわけで。

興味はあっても、異性に肌を見せるのは抵抗があった。

「バイト代のかわりといってはなんだけど。モデルを引き受けてくれたら、水野《みずの》さんの協力でできた新作をその都度《つど》、提供しようと思うんだけど」

「やらせていただきます」

こうして澪《みお》はモデルを引き受けることになった。

リュグ・ジュエルの新作ランジェリーという、破格の報酬と引き換えに。

第二章　かわいいランジェリーの作り方

Lingerie girl wo okini mesu mama

浦島恵太《けいた》。十六歳。私立翠彩《すいさい》高等学校に通う二年生。

大学生と中学生の姉妹《いとこ》ふたりと3LDKのマンションで暮らし、ランジェリーブランド『RYUGU《リュグ》・JEWEL《ジュエル》』に所属して日々、女性用の下着作りに邁進《まいしん》する若きランジェリーデザイナーである。

そんな新米デザイナーの朝は妹分に起こされるところから始まる——

「お兄ちゃん、そろそろ起きなよ」

「……ん……もう朝か……」

肩を揺すられ、恵太が目を開けると、ベッドの横にセーラー服姿の少女が立っていた。

「おはよう、お兄ちゃん」

「おはよう、姫咲《ひさき》ちゃん」

綺麗《きれい》な髪をサイドテールにした彼女は浦島姫咲。

中学三年生で、この歳《とし》の女の子にしては身長があって発育も良く、バストはEカップの隠れ巨乳という逸材である。

「いつも起こしてくれてありがとう」

「別に。好きでやってることだし」

なんでもないといった顔で謙遜する姫咲《ひさき》だが、感謝しているのは本当だ。

スマホのアラームと可愛《かわい》い妹、どちらに起こされるのが幸せかは言うまでもない。

「朝ごはんできてるから、ちゃんと顔洗ってからきてね」

「はーい」

姫咲を見送って自分もベッドから出る。

愛用の眼鏡をかけて、部屋を出ようとドアに向かう途中で不意に足を止めた。

「うん、我ながらいい出来だ」

デスクの横に置かれた自立式のトルソー。

その胴体に装着された下着は先日、澪《みお》をイメージしてデザインした新作だ。

ちなみに本人には言っていないが、このトルソーのスリーサイズは偶然にも彼女とほぼ同じだったりする。

「今日は水野《みずの》さんとの打ち合わせもあるし、張り切っていきますか」

先日めでたく協力を取り付けた同級生、水野澪。

今日は彼女と初めての打ち合わせを行う予定だった。

澪に着けてもらう予定のサンプルはピックアップ済みで、あとは互いのスケジュールをすり合わせて試着会の日取りを決めるのみ。

自慢のランジェリーを理想の体型の女子に試着してもらえるのだ。

おのずと気合いも入るというものだった。


「下着作りにおいて、モデルの役割は非常に重要なんだよ」

昼休みの被服準備室。同級生の着替えを覗《のぞ》いて以来、すっかり集《つど》いの場と化したその部屋で、着席した恵太《けいた》がモデルの重要性について熱弁していた。

「試作品を実際に使ってもらって着け心地を確認したり、使用感のアンケートを取ったりするんだけど、使用者の生の感想ほど参考になるものはないからね」

「なるほど、勉強になります」

その話に相づちを打ったのは、向かいに座った理想のDカップ女子こと水野さんで。

ニコニコと笑みを浮かべる彼女に対し、恵太は更に説明を続ける。

「俺の持論だけど、ランジェリーは女の子が身に着けた時に初めて完成すると思うんだよね。下着自体はただの布の集合体だけど、実際に使用することで本来の形になるというか、そこで初めてデザインの良《よ》し悪《あ》しがわかるんだよ」

「ふむふむ」

「トルソーだと体の柔らかさはやっぱり出せないから、商品にする前に生の女の子に着けてもらって、ちゃんとイメージ通りの下着になっているかチェックしたいんだ」

「ほうほう」

「俺に彼女でもいればその子に頼むんだけどね。現状は家族や知り合いにお願いするしかなくてさ。水野《みずの》さんみたいに面識のない子に依頼するのはめずらしいんだよ」

「そうなんですね」

「というわけで、さっそく水野さんにサンプルの試着をお願いしたいんだけど――」

「はいっ、お断りします♪」

「あれっ!?」

素敵な笑顔でお断りされてしまった。

待望の下着チェックタイムと思いきや、出だしからいきなりハプニング発生である。

「あの……水野さん？　下着作りに協力してくれるって話だったよね？」

「すみませんが、その話はなかったことにしてください」

「ど、どうして……？」

「それは……」

言葉を詰まらせ、気まずげに視線を逸《そ》らしながら彼女が言う。

「……下着姿を見せるのが恥ずかしいんです」

「恥ずかしいとな？」

「だって下着ですよ？　ほぼ裸なんですよ？　冷静に考えたら、付き合ってもいない男の子に下着姿を見せるなんてありえないじゃないですか」

「もっともな意見だけど……それっていろいろあとの祭りなのでは？　既に二回も下着姿を見せてるわけだし、もう何回見せても同じなんじゃないかな」

「浦島《うらしま》君、デリカシーがないって言われませんか？」

「む……」

軽率な発言だったのは認めるが、それにしても言い方があると思う。

約束を反故《ほご》にされた直後なのもあって、彼女の冷めた物言いにカチンときてしまった。

「けどさ、水野さんは本当にそれでいいわけ？」

「え？」

「協力しないなら新作の提供も当然できないけど。いくら家が貧乏だからって、あんな伸びきった下着を穿《は》いてるのは女の子としてどうかと思うよ？」

「なっ!?」

売り言葉に買い言葉で、相手を傷つける言葉を投げかけてしまった。

すぐに酷《ひど》すぎたと反省するがもう遅い。

唇を強く引き結んだ同級生が、怒気を含んだ瞳で睨《にら》んでくる。

「そういう浦島君こそ、そこまで下着姿を見たがるなんて、本当は女子の裸が見たくてランジェリーデザイナーをしてるんじゃないですか？」

「んなっ⁉」

その発言は容認できない。

澪《みお》の言うような軽薄な気持ちで仕事に臨んだことは一度もなかった。

反論しようと思った矢先、自分が放った酷《ひど》い言葉を思い出して口をつぐむ。

そして、ようやく冷静になったふたりが同時に相手から視線を逸《そ》らした。

「……」

「……」

自身の発言を後悔して、お互いに罪悪感を覚えながらも、意地とプライドが邪魔をして謝ることもできない。

重い空気が立ち込めるなか、話は終わりとばかりに澪が席を立つ。

「とにかく、協力の話はなかったことにしてください」


放課後、同級生たちが帰った二年E組の教室で恵太《けいた》は友人に相談を持ちかけていた。

「それで、水野《みずの》さんに〝冷静に考えたら男子に下着を見せるなんてありえない〟って言われちゃってさ……秋彦《あきひこ》はどう思う？」

「そりゃ、普通の感覚なら下着を見られるのは嫌だろうな」

「あ、やっぱり？」

「仮に、付き合ってもいない男に自分から裸を見せるような女子がいたら、それは痴女かハニートラップのどっちかだ」

恵太の前の席に座り、自身の見解を述べる彼の名前は瀬戸《せと》秋彦。

見た目はかなりの美男子で身長も恵太より高い。

中学からの付き合いで、デザイナーの仕事のことも知っている親友だ。

綿１００％の下着については秘密にする約束なので、彼には偶然にも澪の着替えを覗《のぞ》いてしまい、彼女の体に惚《ほ》れ込《こ》んだことだけ伝えてあった。

「ずいぶん水野さんにご執心だけど、なに、そんなにいいカラダしてたわけ？」

「うん、もう運命を感じたよね」

「へぇ、恵太がそこまで言うなら相当だな」

「典型的な脱いだらすごいタイプだね。巨乳ってほどではないけど、しっかり胸があって、下着も綺麗《きれい》に見える理想のバストだった」

小さすぎると物足りない。

しかし大きすぎると胸が主役になってしまう。

胸と下着、どちらもバランスよく見せることのできる彼女のバストは、ランジェリーデザイナーの恵太《けいた》にとって理想のサイズだった。

「だから、どうしてもモデルを頼みたいんだよ。なんとかして水野《みずの》さんを脱がせられないかな?」

「そこだけ切り抜くとなんとなくいかがわしいけども……まあ、本人をその気にさせるしかないだろうな。グラビアのカメラマンみたく相手を褒めちぎるとかしてさ」

「ふむふむ、褒めちぎる作戦か」

「あるいは、水野さんと裸を見せてもいいような関係になるとか」

「!? なるほど、俺と水野さんが恋人どうしになれば……っ!」

「うむ! 下着だろうと裸だろうと見放題だ!」

恋人になれば下着も裸も見放題。

とても素晴らしい提案に思えたが、すぐに冷静になった。

「いやいや、そんな不純な動機で付き合うとかダメでしょ」

「えー? わりといい案だと思ったのに……」

「そもそも、俺なんかじゃ相手にもされないよ」

「なら、別の手段を考えるしかないな」

「振り出しに戻った……」

世界でいちばん無駄な時間を過ごしてしまった気がする。

「けど水野さん、下着を見せるのが恥ずかしいとか可愛《かわい》いじゃん。うちの姉たちとはえらい違いだ」

「あー……秋彦《あきひこ》のお姉さんたち、すごいもんね」

「あいつら、風呂のあとパンツ一丁のまま平気で脱衣所から出てくるからな。恥じらいなんて概念はとうの昔に捨て去ってるし、そのくせ見た目だけはいいから手に負えないというか……今までどれだけの男が奴《やつ》らの毒牙にかかったことか……」

瀬戸《せと》家の美人三姉妹。

類《たぐい》まれなるその美貌で数多《あまた》の男を虜《とりこ》にする魔女たちである。

「まあ、真面目にアドバイスすると、水野さんをスカウトしたいなら直球勝負は避《さ》けたほうが無難かもな」

「というと？」

「たとえば、女子といい感じの雰囲気になったとするだろ？」

「俺、女子といい雰囲気になった経験がないからわからないけど」

「そこは想像で補えばいいだろ。――で、初めての女の子にいきなり服を脱げって言っても ハードルが高いわけだ」

「ああ、たしかにそうかも」

「だから、最初は低いハードルから徐々に慣らしていけばいいんだよ」

「なるほど……最初は露出度の低い下着から始めて、少しずつ水野《みずの》さんの感覚を麻痺《まひ》させていけばいいわけか……」

普通の女の子にいきなり下着姿になれというのはハードルが高い。

それなら簡単なクエストから挑戦してもらえばいいのだ。

「あとはアレだ。女子に振り向いてほしいなら、それなりのメリットを提示しないとダメだぞ。奴《やつ》ら、愛してるって言葉だけじゃ見向きもしてくれないからな」

「秋彦《あきひこ》は過去に女子となにがあったの？」

友人の恋愛遍歴が気になるところだが、それはともかく——

（水野さんをその気にさせる方法か……）

それはなかなかの難題だ。

恥ずかしがる女子を自らの意思で脱がせようなど、正気の沙汰とは思えない。

「でも、そうだね。協力してほしいなら俺も誠意を見せないと」

相手に求めるだけでは協力関係とはいえない。

秋彦の言うように、こちらも相応のメリットを提示する必要があるだろう。

「水野さんがひとめ惚《ぼ》れして、思わず見せびらかしたくなる下着を作ってみるよ。俺が差し出せるのはそれくらいだからね」

恵太《けいた》が澪《みお》の体に惚れてスカウトしたように。

彼女にも一緒に仕事がしたいと思ってもらいたい。

だから惚れてもらおうと思った。

自分が彼女にひとめ惚れしたように、彼女に協力してもいいと思わせるほどのランジェリーを作って、今度こそ協力を取り付けるのだ。

◇

「まずは、どんな下着なら水野さんが喜んでくれるか調査しないとね」

あらゆる商品開発の現場において、最初に行われるのが『企画の立案』である。

下着作りにおいてもユーザーの趣味嗜好《しこう》を知ることは非常に重要で。

数あるランジェリーの中からお客さんに手に取ってもらうには、お金を出してでも購入したいと思わせる魅力——言い換えれば『付加価値』を商品に組み込む必要がある。

たとえば好きな色だったり。

あるいは好きな素材だったり。

もしくは好きなデザインだったり。

コストとクオリティのバランスを取りつつ、膨大な数の選択肢の中から取捨選択して理想の下着を生み出すのがランジェリーデザイナーの仕事だ。

とりわけデザインの指標となる企画書の作成と、それをまとめるための市場調査は重要な工程だった。

「今回は本人に取材できないから、水野《みずの》さんの友達に話を聞いてみよう」

サプライズ企画なので澪《みお》に話を聞くわけにはいかない。

というわけで恵太《けいた》が目をつけたのは——

「吉田《よしだ》さん、ちょっといいかな」

「おろ？　浦島《うらしま》くん？　どうしたの？」

昇降口に設置された自販機の前、買ったばかりのいちごオレを手に、首を傾《かし》げた彼女は
クラスメイトの吉田真凛《まりん》だった。

短めのツインテールがチャームポイントの真凛は澪の友人であり、明るい性格で誰とでも気さくに話してくれるため男子からの人気も高い人物だ。

「実は吉田さんに相談があってさ。水野さんにプレゼントを贈ろうと思ってるんだけど、女の子の意見が聞きたくて」

「みおっちにプレゼント!?　素敵っ！」

用件を伝えたところ、真凛が瞬時に目を輝かせた。

「浦島くんはみおっち狙いだもんね。そういうことなら協力は惜しまないよ」

「ありがとう。サプライズにしたいから秘密にしておいてくれると助かる」

「了解です！」

ビシッと敬礼のポーズを取る真凛。本当にノリがいい子だ。

「それで、どんなプレゼントにするつもりなの？」

「ああ、実は下着を贈ろうと思ってるんだ」

「下着!?」

「うん。それもとびきり可愛《かわい》いやつを」

「とびきり可愛い下着を……浦島くんって、けっこうダイタンなんだね……」

「？　そうかな？」

「や、でも他の男の子との違いを見せるっていう意味ではいいのかも……？　今は普通にカップルで下着屋さんに入ったりするっていうし……」

ブツブツと何事かを呟《つぶや》いて、気を取り直したように真凛が言う。

「けど困ったなぁ……みおっち、いつも恥ずかしがって一緒に着替えたがらないから、下着は見たことないんだよね……」

そのあたりの事情は把握している。

例の綿100%のパンツを見られたくなくて更衣室を使わないのだ。

「あ、でも、みおっちは青系の色が好きだと思うよ。水色とか、私服でもアクセントによく入れてたりするし」

「ふむふむ……」

水野《みずの》さんは青系の色が好き——手にしたペンでタブレットに情報をメモしていく。

「それと、洋服はけっこう実用性を重視して選んでる感じだね」

「実用性？」

「遊びにいく時とか、動きやすそうな格好《かっこう》が多いから」

「へぇ、そうなんだ」

たしかに、あまりヒラヒラした格好は好きじゃなさそうな気がする。

(動きやすい服装か……そういえば、家ではジャージで過ごしてるって言ってたっけ)

真凛《まりん》との会話で得られた情報。

それらを起点に、頭の中で徐々にアイデアが固まっていく。

「あとあと、これは耳よりな情報なんだけどね。みおっちはアレでけっこうチョロいというか、押しに弱いところがあるから、今後もガンガン押していけばいいと思うよ！」

「おお、それは有力な情報だね」

恵太《けいた》は知るよしもないことだが、吉田《よしだ》真凛はオタクな女の子である。

雑食系であらゆるジャンルの作品をたしなむ彼女だが、特に恋愛モノは大好物。

しかも真凛は未《いま》だに恵太が澪《みお》に片想《かたおも》いしていると誤解しており、そこへ恵太が直々にプレゼントの相談を持ちかけてきたのだ。

友達の恋の応援という大義名分を得た彼女の口が止まるわけがなく。

恵太はいろんな意味で有意義な調査結果を得られたのだった。


企画が通り、下着の方向性が定まったらいよいよデザインに入る。

ランジェリーを前、後ろ、横から見た時の外観がわかるように三面図に起こすのだ。

ランジェリーデザイナーにとって最もやりがいのある仕事であると同時に、自身の才能や締め切りと向き合うことになる過酷な作業でもある。

そうして完成したデザイン画はパタンナーと呼ばれる担当者に渡される。

パタンナーは、型紙やパターンと呼ばれる量産のための設計図を作る人のことで、デザイナーが描いたデザイン画から縫製の時に必要になるパーツを抽出する役職だ。

下着のデザインを決めるのがデザイナーの仕事。

そのデザインを実現するためにどんな素材が必要になるのか、どんな形のパーツがどれだけ要るのか割り出すのがパタンナーの仕事になる。

ただ、リュグにはパタンナーが在籍していないので型紙の作成は外注だった。

ブランドの運営は『代表』がしているが、パタンナーとの意見のすり合わせはデザイナーの恵太にしかできない仕事で——

「――はい、そうですね。今回は気軽に普段使いができるようにしたいので、カップのところは余裕のある、ゆったりとした着け心地にできればと思っています」

二十三時をまわった深夜、自室の椅子に座った恵太《けいた》はスマホで通話中だった。

電話の相手はパタンナーの池澤《いけざわ》さん。

若い女性ということ以外は謎に包まれているが、パタンナーとしての腕は確かで、型紙だけでなくサンプルの製作まで担当してくれているありがたい存在だった。

「……はい、わかりました。では、そこだけ修正しておきます。それでは失礼します」

通話を切り、スマホを持つ手を下ろした恵太が「ふう……」と短く息を吐く。

そのタイミングで机の上にマグカップが置かれたので顔を上げると、部屋着姿の姫咲《ひさき》が優しい笑みを浮かべて立っていた。

「遅くまでおつかれさま、お兄ちゃん」

「ありがとう、姫咲ちゃん」

お礼を言ってマグカップを手に取り、温かいココアを口に含む。

すると、後ろにやってきた姫咲が机の上のタブレットを覗《のぞ》き込んだ。

「めずらしいね。お兄ちゃんがこういう下着を描くなんて」

「ああ、ちょっと思うところがあってね」

「思うところ?」

「この下着で、気になる女の子を振り向かせようと思ってるんだ」

「それって、お兄ちゃんのスカウトを断ったって人？」

「そうそう、その人」

「ふーん？　それで最近、遅くまで頑張ってるんだ」

澪《みお》とケンカしてから一週間、彼女に見せるための下着作りが佳境を迎えていた。

電話で池澤さんに指摘された問題点を修正すればサンプルが作成できる。

それが完成すればいよいよお披露目《ひろめ》できるので、ここが正念場だった。

「じゃあ、お兄ちゃんは今日もまだ寝ない感じ？」

「うん、キリのいいところまで仕上げるつもり」

「なら、あんまり邪魔したらわるいね。わたしはそろそろおいとまするよ。――おやすみなさい、お兄ちゃん」

「ああ。おやすみ、姫咲ちゃん」

可愛《かわい》い妹分を見送って、再び机に向き直る。

そこに置かれたタブレットに表示されていたのは、姫咲の言う通り、あまり描かないタイプのランジェリーで……

「水野《みずの》さん、喜んでくれるかな」

胸の内にあるのは同じくらいの期待と不安。

バレンタインのチョコを準備する女の子はこんな気持ちなんだろうか——

そんなことを考えながら、恵太《けいた》はタブレットとペンを手に取った。

「さて、ラストスパートいきますか」

◆

水野澪《みずのみお》は責任感の強い少女だった。

小学生の時に母が出ていって以来、多忙な父に代わって家事を担当して家を守り、高校に入ってからは本屋のバイトもこなしつつ、ふたつ年下の弟の面倒《めんどう》も見てきた。

そんな環境だったからこそ下着の悩みを誰にも打ち明けることができず、ひとりで抱え込んでいたともいえるのだが——

（一度協力を承諾したのに反故《ほご》にするとか、無責任すぎますよね……）

ここのところ、ずっとモヤモヤしている原因は先日の恵太との一件だ。

（ブラの悩みを解決してくれた浦島《うらしま》君には感謝してるし、相談していいって言ってくれて嬉《うれ》しかったけど……それとこれとは話が別といいますか……）

なにしろ、その協力というのが——

（下着姿を見せるなんて、やっぱり無理ですよね……）

彼に協力するなら避《さ》けては通れない道だ。

世の中には露出趣味の持ち主もいるそうだが、あいにく澪は違う。

普通の女の子にとって、男子に裸を見られるのはとても恥ずかしいことなのだ。

（そもそもわたし、浦島君のこともほとんど知らないし……）

恵太がランジェリーデザイナーをしていることは聞いている。

けれど、まだ高校生の彼がどうしてそんな仕事をしているのか、その理由までは知らなかった。

断るにしても、もっと話を聞いてみればよかったかもしれない――

そんなふうに再びぐるぐると考え始めた時だった。

「――澪ちゃん？」

「え……？」

名前を呼ばれて顔を上げると、向かいに座った友人がこちらを見ていた。

「……泉《いずみ》？」

「ぼうっとしてたけど、大丈夫？」

「大丈夫ですよ。少し考えごとをしてただけなので」

ふたりがいるのは昼下がりのカフェのテラス席。

泉はニットセーターにスカート姿、澪は白のブラウスにデニムのパンツを合わせた外行きの格好《かっこう》で、休日の今日は友人ふたりと遊びにきていたのだ。

「あれ、そういえば真凜《まりん》は？」

テーブルの上には三人分の飲み物がある。

なのに、座っているのは泉《いずみ》と澪《みお》のふたりだけだった。

「真凜ちゃんならお手洗いにいったよ」

「そうですか……」

まったく気づかなかった。心ここにあらずにもほどがある。

「……ねえ、泉？　もしもですよ？　もしも知り合ったばかりの男の子に、下着を見せてほしいって言われたら、泉ならどうします？」

「ええっ!?」

その質問に驚く泉。

盛大に頬《ほお》を赤くした友人が、上目遣いにこちらを見る。

「澪ちゃんと浦島《うらしま》くん、もうそこまで進んでるんだ……」

「どうしてそうなるんですか。浦島君とは本当にそういう関係じゃありませんから」

「そうなの？」

「そうなんです。この質問も知人から相談されただけなので、勘違いしないでください」

これ以上、彼との関係を誤解されたくない。

心苦しいが、そんな嘘《うそ》で予防線を張っておく。

「それで、男の子にそんなふうに迫られたら泉はどうしますか？」

「うーん……時と場合によるけど、基本的にはお断りするかな」

「まあ、普通はそうですよね」

自分と概《おお》ね同じ意見で安心する。

「ちなみに時と場合というのは、具体的にどんな状況ならOKなんですか？」

「えっ⁉　そ、それは、その……好きな人とそういう雰囲気になった時とか……ごにょごにょ……」

「泉って可愛《かわい》いですよね」

顔を真っ赤にしてごにょごにょする友人が可愛すぎる。

おっとりしていて、スタイルが良くて、体は大きいのに仕草は小動物みたいで。

もしかしたら、三人の中でいちばん純情かもしれない。

「想像だけどね。迫られたその子も、相手のことを憎からず思ってるんじゃないかな」

「え？」

「悩んでるってことは、少なくとも嫌いなわけじゃないんだろうし」

「それは……」

泉の言う通り、別に恵太《けいた》のことを嫌っているわけじゃない。

最初はただの変態だと思っていたが、それは仕事に対して一生懸命なだけで、その言動に悪気がないことはわかっている。

むしろ、下着の悩みを解決してくれたことには感謝すらしていた。

(モデルの仕事だって、興味がないわけじゃないですし……)

本当にやりたくないならモヤモヤする必要なんかない。

同時に、肌を見せるのが恥ずかしいのも本当の気持ちで――

(わたしは、どうしたらいいんだろう……)

踏ん切りがつかない心は再び苦悩の迷宮へ。

真凛《まりん》が戻ってくるまで、澪《みお》は延々と思考の迷路をさまよい続けたのである。


その後、澪たちは最近できたばかりのショッピングモールに足を運んだ。

漫画が好きな真凛に付き合って本屋を覗《のぞ》いたり、泉《いずみ》とペットショップの子猫に癒やされたり、三人でくたくたになるまでお店を見てまわった。

友人たちと楽しい時間を過ごして、地元の駅に戻ってきたのが午後五時過ぎ。

「じゃあ、澪ちゃん。また学校でね」

「バイバイ、みおっち」

「はい、また学校で」

家の方向が違うふたりと駅前で別れ、澪《みお》は帰路についた。

休日だからか普段より人通りの多い街を歩き、バイト先の本屋を通り過ぎて、例のランジェリーショップの前で立ち止まる。

「そういえば、浦島《うらしま》君の家ってこの辺でしたっけ……」

モデルの話を断って以降、彼が話しかけてくることはなくなった。

今は教室で顔を合わせてもお互い会釈する程度。

約束を反故《ほご》にした挙句、酷《ひど》いことも言ってしまったし、本気で怒らせてしまったのかもしれない。

「………………」

飾られた下着から目を逸《そ》らし、なんとなく逃げるように歩を進める。

そうして店が見えなくなるほど離れ、途中にある歩道橋を渡っていた時──

澪の鼻先を、冷たい雫《しずく》が微《かす》かに打った。

「え……？」

足を止めて顔を上げると、いつの間に雲が集まったのか、春の夕方とは思えないほど暗くなっていて──

冷たい雫が再び、今度は無数の散弾となって地上に降り注いだ。

「うそっ、雨……っ⁉」

小降りだったのは最初の数秒で。

あっという間に視界がにじむほどの土砂降りになる。

突然の天候の変化に、傘の持ち合わせのない澪は慌てて歩道橋を渡りきり、見つけたビルの軒先に駆け込んだ。

「はぁ……助かりました……」

幸い、一階の店舗は定休日のようだ。

雨がやむまでしばし軒先を借りることにしよう。

そんなことを考えながら乱れた髪を直し、視線を灰色の街に向ける。

「今日って雨の予報でしたっけ？」

普段は欠かさずチェックするのに、最近はぼんやりしていたので確認し忘れていた。

それにしても本当に酷い雨だ。

なんとか雨宿りできたものの、一瞬で洋服がびしょ濡《ぬ》れになってしまった。

「もう下着までぐっしょりですし――……ん？　下着？」

その瞬間、澪の顔から血の気が引いた。

「あっ、やば……っ⁉」

今朝は天気が良かったから、薄手の白いブラウスを着ていたのだ。

当然、水を含んだブラウスは盛大に透けてしまっていて、更に最悪なことに、今日の下着はワンコイン三人衆の中でも最もダサいベージュの綿１００％ブラだった。

とっさに自分の体を抱きしめたが、これでは胸元は隠せても背中やわきは隠せない。

雨宿りしているうちはいいが、曇っているとはいえ外はまだ明るいし、駅周辺は通行人も多いため雨がやんでもこの状態では帰れない。

タクシーを拾えるほどの持ち合わせは当然ないし。

助けを呼ぼうにも父親は仕事で不在。弟は部活の練習試合だと言っていた。

先ほど駅で別れた友人たちなら傘を持っているかもしれないが、ふたりにこの下着を見られるわけにはいかなかった。

「どうしよう……」

目の前が真っ白になる。

切羽詰まった状況に加え、寒さと不安で涙が出そうになる。

うつむいた澪《みお》の視界の端に、男物のスニーカーが映り込んだのはそんな時だった。

「――あれ？　水野《みずの》さん？」

「え……？」

聞き覚えのある声に顔を上げる。

そこには雨の中、ビニール傘を差した恵太《けいた》の姿があった。

「浦島《うらしま》君……？」

カジュアルなパンツにパーカー姿の同級生。

そんな彼が、澪の姿を確認してめずらしく焦った様子を見せる。

「うわ、水野さんびしょ濡《ぬ》れじゃん」

「あ、えっと……急に雨に降られてしまいまして……」

「ちょっと待ってて」

傍《そば》にやってきた彼が傘をわきに置き、脱いだパーカーをかけようとしてくれるが、澪は胸元を隠したまま慌てて遠慮した。

「や、でも……浦島君の服が濡れちゃいますし……」

「そんなの気にしなくていいから。ほら」

「あ……」

強引に彼がかけてくれたパーカーには当然ながら体温が残っていた。

上着のおかげで、透けていた下着が隠れたことにほっとする。

「ありがとうございます。危うく残念な下着を誰かに見られるところでした」

「というか水野さん、俺があげた下着はどうしたの？　着替えも未《いま》だに準備室でしてるみたいだし、一度も学校にしてきたことないよね？」

「それは……だって、ずるいじゃないですか」

「ずるい？」

「モデルを断っておいて、もらった下着を使うのはフェアじゃないですし……」

「水野《みずの》さんは真面目だね。そんなの気にしないでバンバン使えばいいのに」

少し笑いながら言って、長袖のシャツ一枚になった恵太《けいた》が傘を拾い上げて振り返る。

「とにかく、そのままだと風邪引くし、うちのお風呂を貸すからいこう」

「え？」

「雨宿りしてたってことは、ここから家まで遠いんでしょ？」

「……まあ、少し」

自宅のアパートまで徒歩だと三十分近くかかる。

びしょ濡《ぬ》れの状態で踏破するには厳しい距離だ。

「でも浦島《うらしま》君、用事があったんじゃないですか？」

「コンビニにいくだけだったから問題ないよ。――ほら、こっち。傘に入って」

「じゃあ……お邪魔します……」

相合い傘が恥ずかしいなんて言っていられる状況じゃない。

素直に傘に入れてもらった澪《みお》は、雨の中を歩いて彼のマンションに向かった。

二度目の来訪だったが、またもご家族は不在のようで――

「今は誰もいないから気兼ねしなくていいよ」

そう言って脱衣所に連れていかれ、浴室に入っていった恵太がなにやらパネルを操作して戻ってくる。

「お湯、すぐに溜《た》まると思うからごゆっくりどうぞ」

「はい、ありがとうございます」

「着替えはあとで姫咲《ひさき》ちゃん——妹のお古を持ってくるから」

「浦島君、妹がいるんですね」

「ああ、姉もいるよ。といっても、正確にはふたりともいとこなんだけどね。いろいろあって三人で暮らしてるんだ」

「そうなんですか……」

三人暮らしということは、それぞれの両親は単身赴任とかだろうか。

澪の家に事情があるように、浦島家にもいろいろと事情があるようだ。

「新作のサンプルでよければ下着も貸せるけど、どうする?」

「下着……」

「ノーパンで帰りたいならそれでもいいけどね」

「う……」

ワンコインパンツの担い手といえども、澪だって年頃の女の子である。

さすがにノーパンで出歩くガッツは持ち合わせていなかった。

「お、お借りします……」

「了解。できたばかりのスペシャルなやつをお持ちいたしますよ」

「………」

おどけるように言った恵太《けいた》をジト目で睨《にら》む。

「……浦島《うらしま》君って、意外とSっ気があるんですね」

彼が出ていく間際、せめてもの意趣返しにそんな捨《す》て台詞《ぜりふ》を吐いて、ひとりになった澪《みお》はびしょ濡《ぬ》れの服を脱ぎ始めたのだった。

◇

同級生女子の冷たい視線を浴びながら脱衣所を出た恵太は、彼女の着替えを調達するために姫咲《ひさき》の部屋に向かった。

本人の不在中に入るのはマナー違反だが、今回は緊急事態だ。

あとで事情を説明してお詫《わ》びのプリンでも買ってこよう。

お古の洋服はクローゼットのなかにまとめられていたので、そこから合いそうなズボンと上着を引っ張り出して妹の部屋をあとにする。

その後、自室に寄って先日届いたばかりの下着を回収。

「本当は明日、学校でお披露目《ひろめ》するつもりだったんだけどね」

一日予定が早まってしまったが、問題はない。

脱衣所に彼女がいないのを確認してなかに入り、カゴのなかにそれらを置いておいた。

「これでよし。水野《みずの》さんが出るまで仕事の続きでもしてようか」

コンビニにいけなかったため食料は買い損ねたが、一食くらい抜いても問題あるまい。

どのみち彼女を残して外出などできないし、自室に戻った恵太は、愛用のタブレットを手にデザイン画の作業に取りかかったのである。

それは恵太が眼鏡をかける前、まだ両親と暮らしていた頃のこと。

当時住んでいた一軒家のリビングで、小学生になったばかりの恵太が特撮ヒーローの番組を観《み》ていると、突然、黄色の下着を身にまとった母親がニコニコ笑顔で登場した。

「見て見て、恵太！　パパの新作下着、すっごく可愛《かわい》くない？」

「そうだね。すっごく可愛いと思う」

母の奇行には慣れたもので、新作下着を自慢する彼女にぐっと親指を立ててみせる。

元モデルで、同世代の母親と比較しても信じられないくらい若かった母君《ははぎみ》は、おニューの下着を小学生の息子に見せびらかしてくるような変人だった。

「ところで、お母さんはそんなかっこうで寒くないの？」

「寒くないよ！　今は夏だし！　ああもう、それよりも、この可愛《かわい》さを大勢の人に伝えたい！　自撮りしてトゥイッターにアップしようかな～」

「それはやめたほうがいいと思うよ。アカウント凍結されちゃう」

「お、おお……難しい言葉を知ってるね」

「お母さんは、可愛い下着が好きだよね」

「それはもう！　下着は人生でいちばん長い時間を共にする相棒なんだから、せっかくならとびきり可愛いほうがいいじゃない」

「まあ、そうかもね」

子どもみたいな笑顔につられて笑ってしまう。

可愛い下着が好きな変人だけど、恵太《けいた》は朗らかで優しい母のことが好きだった。

我が親ながら下着姿の母は本当に綺麗《きれい》だと思ったし、父の作った下着をつけた時の、嬉《うれ》しそうな彼女の笑顔が大好きだったから――

「オレも、大きくなったら下着を作る人になろうかな」

「えっ、ほんとに？　じゃあじゃあ、可愛いのができたら、お母さんにいちばんに試させてね？」

「わかった。お父さんよりすごい、とびきり可愛いのを作ってあげる」

それが現在、恵太がランジェリーデザイナーをしている理由。

喜ぶ母の笑顔が見たくて、その仕事をすると決めたのだ。


「……あれ？　いつの間にか寝ちゃってた……」

仕事続きで疲れていたせいか、机に向かったままうたた寝をしていたようだ。

ずれた眼鏡をかけ直し、卓上のデジタル時計を見ると、澪《みお》がお風呂に入ってから三十分ほど経過していた。

懐かしい夢を見ていた気がするが、既にその輪郭はおぼろげだ。

椅子の上で大きく伸びをすると、そのタイミングで部屋のドアがノックされた。

座ったままそちらに体を向けて「どうぞ」と応じたところ、半開きにしたドアの隙間から澪がおずおずと顔を覗《のぞ》かせた。

「あの……お風呂、ありがとうございました」

「ああ、ちゃんとあったまれた？」

「はい、それはもう」

「ならよかった。──それで、水野《みずの》さんはどうして顔だけ出してるの？」

「…………」

口を閉ざし、目を逸《そ》らした澪《みお》がいったん顔をひっこめる。

すると半開きだったドアが完全に開かれ、今度こそ彼女がその全貌を現した。

「水野《みずの》さん……それ……」

恵太《けいた》が驚いたのは、部屋に入ってきた同級生が下着姿だったからだ。

下着といっても、いわゆる普通のブラジャーとは違い、澪が身に着けていたのはキャミソールタイプのランジェリーだった。

爽やかなスカイブルーのキャミソールは肌触りの良い滑らかな生地を使用しており、ショーツはそれに合わせたペチコートを採用。

ペチコートは短パンのような形の下着で、丈を短くすることで女の子の脚を引き立てる仕様にしており、そのまま自宅で生活しても違和感のないスタイルに仕立てた。

全体的に露出は控えめだが、キャミソールは彼シャツと並んで『自分の部屋で彼女に着てほしい衣服』のトップに君臨するランジェリーであり、これはこれでかなりそそられる格好《かっこう》である。

「新作って、キャミソールだったんですね」

「もう少ししたら暑くなってくるだろうし、部屋着としても使える下着にしようと思って。水野さん、家だとジャージだって言ってたから」

「え？　もしかして、わたしがそう言ったから作ってくれたんですか？」

「まあね」

「……ふーん？　てっきり、わたしを脱がせるために露出の少ない下着から始めて、少しずつ布面積を減らしていく作戦かと思いました」

「正直、それもあるけどね」

「そこは嘘《うそ》でも否定してほしかったです」

ジト目を向けてくる澪《みお》だが、本気で怒ってる感じではない。

キャミソールは部屋着の代わりにもなるし、ブラジャーよりも手軽に着けることができるアイテムで、露出を抑えたこの下着ならそれほど抵抗はないと踏んだのだが……

「でもまさか、本当に見せてくれるとは」

「まあ、今日は浦島《うらしま》君のおかげで助かったので、これくらいは……。とても素敵な下着だと思います」

「よかった。水野《みずの》さんがひとめ惚《ぼ》れするような下着を作ろうと思ったんだ」

「ひとめ惚れ？」

「どうかな？　ひとめ惚れした？」

「……まあ、不覚にも、鏡の前で見惚《みと》れてしまいましたケド……」

「じゃあ、大成功だ」

彼女の反応に少し笑って、改めてその下着を確認する。

キャミソールの弱点として、ある程度のバストがある女性だと太って見えてしまうことがあるので、今回の新作は胸の下から絞るようなデザインになっていた。

そのため、澪のようなスタイルのいい子が着けるとかなりの破壊力がある。

「けど、どうして見せてくれる気になったの？　あんなに恥ずかしがってたのに」

「考えてみれば、浦島君には秘密がぜんぶバレてるわけじゃないですか。下着のことも、わたしの弱いところもぜんぶ、丸裸にされてしまっているわけで……だから下着姿くらいなんてことないかなぁと……思ったん……です…………けど……」

最初は饒舌《じようぜつ》だったのに、徐々に言葉が尻すぼみになっていく。

「やっぱり恥ずかしいです……顔から火が出そう……」

「人はそれを自爆って言うんだよね」

「うぅ……わたし、なにしてるんだろ……男の子の部屋で下着姿になってるなんて……」

頬《ほお》を赤くする彼女は初々しくて可愛《かわい》いと思ったが、言ったら二度と見せてくれなくなりそうなので心の中に留《とど》めておく。

「あの……ひとつ聞いてもいいですか？」

「なんだろう？」

「浦島君は、どうしてランジェリーデザイナーをしてるんですか？」

「どうしてと言われても……女の子のパンツが好きだから？」

「そうなんでしょうけど、そういうことではなくて」

「あはは、冗談だよ。——まあ、理由はいろいろあるけど、いちばんはリュグをなくしたくなかったからかな」

「え？　リュグって倒産の危機だったんですか？」

「経営難ってわけじゃないけどね。もともとリュグは父さんがつくったブランドなんだよ。けど、事情があって父さんが海外で仕事することになって、リュグを畳むって話が出たから俺が引き継いだんだ」

「まだ学生なのに？」

「最初はいろいろ大変だったけどね。失敗もたくさんしたけど、いろんな人に助けてもらって、今はなんとかやれてる」

未成年の子どもが大人に交じって仕事をするのだ。

簡単にはいかないし、今だって家族の協力のおかげでようやくやれてる状態だ。

「俺はね、リュグの下着で女の子を笑顔にしたいんだ」

「笑顔に？」

「うん。自分の作ったもので、誰かに喜んでもらえたら嬉《うれ》しいからね」

幼い頃、母が見せた眩《まぶ》しい笑顔を思い出す。

自分が生み出したランジェリーで、あんなふうに誰かを笑顔にできたら最高だと思う。

「下着は人生でいちばん長い時間を共にする相棒だから、せっかくなら、とびきり可愛《かわい》いほうがいいと思わない？」

「……そうですね」

頷《うなず》いて、澪《みお》が微《かす》かに頬《ほお》を緩める。

「その感覚はわかります。可愛い下着をつけると気分が上がるし、見ているだけで幸せな気持ちになれますから」

「そういえば水野《みずの》さん、お店の前で幸せそうに見てたもんね」

初めて澪を家に招き入れた日、駅近のランジェリーショップの前で、彼女はリュグの下着をまるで宝物を見るように目をキラキラさせて見つめていた。

クールな人だと思っていたので、あの笑顔はけっこう意外だったのだ。

「浦島《うらしま》君って変態ですよね」

「なぜ唐突に罵詈雑言《ばりぞうごん》？」

「だって無断で着替えを覗《のぞ》くし、自分のパンツを穿《は》かせようとするし」

「その誤解はとけたでしょ……」

「でも、浦島君の作ったランジェリーは好きです」

優しい声で言った彼女が、自分の下着を見下ろしながら続ける。

「リュグの下着が可愛いのは、きっと浦島君が着ける人のことを考えて、一生懸命つくってるからなんですね」

「水野《みずの》さん……」

「わたし、やっぱりモデルをやってみたいと思います」

「えっ、ほんとに？」

「はい、恥ずかしいけど頑張ってみます」

「嬉《うれ》しいけど、どうして急に心変わりを？」

「さっき言ったじゃないですか。わたしは浦島《うらしま》君の作る下着が好きなんです。思わずお店の前で立ち止まって、ずっと眺めてしまうくらいに」

キャミソールを着けた彼女の、ふたつの綺麗《きれい》な瞳がまっすぐ恵太《けいた》に向けられる。

「だからわたしも、素敵な下着に見合うような女の子になりたいと思ったんです。憧れて待っているだけじゃ、相手に振り向いてなんてもらえませんから」

「……そっか」

彼女の選択を後押ししたのは自分が作った下着だった。

向けられた笑顔もたぶん、新作のキャミソールが引き出したもので。

その事実が、泣きそうになるくらい嬉しかった。

「それに、ランジェリーデザイナーはお仕事ですからね。浦島君は下着姿の女の子を、邪《よこしま》な目で見たりしないですよね」

「え？　そりゃ、多少はそういう目で見るよ？」

「え……」

「さっきも下着を見られて恥ずかしがる水野さんが可愛《かわい》くて、かなりそそられたし。今も可愛い子の下着姿が見れて役得だと思ってるし。むしろ、まったく意識しないほうが女の子に対して失礼じゃないかな」

「………」

「あれ？　水野さん？」

なぜだろう。

両腕で自分の体を抱きしめた同級生が、胸元を隠すように体を斜めにして、冷ややかな視線をこちらに向けていた。

さっきまでの穏やかな雰囲気から一転、とても冷たい声で彼女が吐き捨てる。

「……浦島君の変態」

◆

連休明けのその日、澪《みお》の姿は学校の更衣室にあった。

慣れない環境にドキドキしながらブレザーを脱ぎ、スカートとブラウスも外すと、現れたのは恵太《けいた》が最初に作ってくれた水色のランジェリーで——

それを見た真凛《まりん》が「あーっ⁉」と大きな声を上げた。

「みおっちの下着、すっごく可愛《かわい》いね！」

「私も、すごく素敵だと思う」

「あ、ありがとうございます……」

真凛に続き、泉《いずみ》も褒めてくれて自然と頬《ほお》が緩む。

今日は初めて自分から一緒に着替えようと誘ってみたのだが、澪《みお》がその旨を伝えると彼女たちはとても喜んでくれた。

こうしてふたりと着替えられるようになったのは、間違いなく彼のくれたランジェリーのおかげだ。

「……ちょっぴり変態だけど、けっこうすごい人ですよね」

ひっそりと、誰にも聞こえない声で呟《つぶや》く。

身に着けるだけで女の子を笑顔にしてしまうなんて、こんなに素敵なランジェリーを生み出せる恵太は本当にすごいと思う。

「というか、みおっち……けっこう胸あるね？」

「え？」

「あ、それ私も思った。服の上からだとわからなかったけど」

「泉のほうが大きいじゃないですか」

胸の大きさを指摘され、なんだか落ち着かなくてモジモジしてしまう。

ガールズトークは楽しいけれど、肌を見られるのはやっぱり少し気恥ずかしい。

それでも、意識を変えてみようと決めたのだ。

「真凛、泉――」

ふたりの名前を呼ぶと、下着姿の彼女たちがこちらを見る。

胸に手を当てて、緊張した面持ちで澪はひとつの提案を口にした。

「よかったら今度、お店で下着の選びっこをしませんか？」

まずは、ふたりに本当の自分を知ってもらうところから始めよう。

見栄《みえ》を張って新しい洋服を買ったり、隠れて着替えたりするよりも、こうして気を許せる友達と過ごす時間のほうが何倍も大切なのだから。


その日の放課後、澪は軽い足取りで特別教室棟に向かっていた。

「浦島《うらしま》君に、真凛と泉が褒めてたって報告しないと」

更衣室での出来事を思い出して自然と頬が緩む。

今日はこれから前回中断した打ち合わせをする予定なのだが、新作下着のおかげで前向きになれたこともあり、仕事に対するモチベーションがうなぎ登りだった。

具体的には、下着を見せるのもやぶさかではないと思えるくらいに。

そんなこんなで被服準備室に到着し、澪《みお》はルンルン気分のままドアノブに手をかける。

「浦島《うらしま》君、お待たせしました——……って、あれ？」

部屋のドアを開けると、そこにはとてもミステリアスな光景が広がっていた。

具体的に言うと、床やテーブルの上にカラフルな物体がちりばめられていたのだが、その正体はなんとブラやショーツといった色とりどりのランジェリー。

更に奇妙なことに、部屋の鏡の前に金色の髪の女の子が立っていて——

頭にうさ耳を、両脚にストライプのニーソックスを装着し。

青と白を基調としたエプロンドレスを身にまとった女の子が、両手でスカートの前をたくし上げていたのである。

「き、金髪うさ耳メイドが鏡の前でスカートをたくし上げてる……？」

何を言っているのかわからないと思うが、澪にもなにがなんだかわからない。

どこもかしこもランジェリーまみれの異空間で謎のコスチュームを身にまとい、スカートをたくし上げるなんて常人には理解できない行動だ。

「——あら？」

こちらの声に反応し、来客に気づいた女の子が振り向いた。

長い髪を揺らしながらきっちり90度。

その際、スカートを持ち上げたままだったため、眩《まぶ》しい脚と純白のパンツが完全に見えてしまっていた。

（わぁ、可愛《かわい》い下着……）

まず、目に飛び込んできたパンツの感想が脳裏に浮かぶ。

（それに、ものすごい美少女……）

次に浮かんだのは彼女の容姿に関する感想で、

（綺麗《きれい》な髪……大きな瞳が宝石みたい……）

最後には長いブロンドの髪と、宝石のような青い瞳に思わず見惚《みと》れてしまった。

パーツのひとつひとつが精巧な西洋人形のようで、小柄なのに脚はすらっと長くて、同性の澪ですらため息がもれる絶世の美少女だ。

（この人、たしか三年の先輩ですよね？　どうしてこの部屋に……）

日本人離れしたこの容姿だ。校内でもかなりの有名人だし、たびたび生徒たちの話題に上がる人物なので、澪も彼女のことは知っていた。

そんな絶世の美少女が、世にも愛らしい仕草で小首を傾《かし》げる。

「あなた、どちらさま？」

「あ……えっと……」

鈴の音のような美声で尋ねられ、慌ててしまう。

もともとそれほど人付き合いが得意なほうではないし、相手は年上の上級生なのだ。

どう答えたものか困っていると、澪《みお》の後ろから第三者が顔を覗《のぞ》かせた。

「あれ？　水野《みずの》さん、もうきてたんだ」

「浦島《うらしま》君……」

気まずい現場にやってきたのは本日の約束の相手だった。

さすがに男子がきたからか、金髪美少女がさりげなくスカートを戻していて、そんな彼女に気づいた恵太《けいた》が親しげに声をかける。

「絢花《あやか》ちゃんもおつかれさま。その服は撮影用の衣装？」

「ええ、可愛《かわい》いでしょう？」

面識があるのだろう。彼は彼女のことを下の名前で呼んでいた。

話の内容はよくわからないが、かなり親密な雰囲気である。

「えっと……ふたりはお知り合いなんですか？」

「ああ、水野さんは初めてだよね。こちらの絢花ちゃんは、昔から下着作りに協力してもらってるモデルさんなんだ」

「モデル……？」

つまり学年だけでなく、そちらの方面でも先輩にあたるということだ。

メイド姿の上級生が、可憐《かれん》な笑みを浮かべて澪の前に立つ。

「初めまして。私は三年の北条《ほうじょう》絢花よ」

「は、初めまして。二年の水野澪です」

間近で見た美少女の笑顔に、内心ドキドキしながら自己紹介を済ませる。

「あの、北条先輩？　ひとつ聞いてもいいですか？」

「あら、なにかしら？」

「先輩の、その格好《かっこう》はなんなんですか？」

「ああ、これはコスプレ衣装なのだけど——」

衣装を見下ろした絢花が、その場でくるりと回ってみせる。

「見ての通り、キュートなうさ耳メイドよ。ほんのり不思議の国のアリス風♪」

「この部屋の惨状だと、どちらかといえば下着の国のアリスですね」

彼女がどうしてコスプレ衣装を身にまとっているのか。

どうして鏡の前で自分のパンツを確認していたのか。

それらの謎を解明する前に、無数に散乱した下着の山をさてどうしたものかと、澪は真剣に悩み始めたのだった。

第三章 下着の国のアリス

Lingerie girl wo okini mesu mama

うさ耳メイドとの遭遇後、澪《みお》は絢花《あやか》と恵太《けいた》のふたりと準備室のテーブルを囲んでいた。

同級生の澪と恵太が隣り合って着席し、彼の向かいに絢花が座る配置。

無数に散乱していた下着は既に片付けられており、絢花もメイド服から制服に着替えていて、澄ました顔の上級生を澪はチラチラと盗み見ていた。

（校内で見かけることはありましたが、間近で見ると規格外の美少女ですね……）

改めて見てもその美貌に圧倒される。

金色の髪に青い瞳と、彼女の容姿はどこまでも異国チックだが、名前は純和風なのでハーフなのかもしれない。

「私はクォーターよ。祖父がイギリス人なの」

「え？」

「ずっと髪を見てたから。気になってるのかと思って」

「あ、すみません。失礼でしたよね……」

「別にいいわよ。人に見られるのは仕事柄、慣れてるから」

「仕事？」

澪《みお》が聞き返すと、絢花《あやか》の代わりに恵太《けいた》が教えてくれる。

「絢花ちゃんは、ファッション誌のモデルもしてるんだよ」

「そういえば、たまに真凛《まりん》が持ってくる雑誌に載ってましたね」

これだけの美貌だ。彼女が本職のモデルさんでもなんら不思議はない。

「その関係もあって、可愛《かわい》い洋服やランジェリーを集めるのが趣味なんだよね」

「仕事柄、どうしても服は増えちゃうのよね」

「それであの下着の山だったんですね」

大量の下着は現在、絢花が持ち込んだ学生鞄《かばん》に詰め込まれていて、その鞄は今にもはち切れそうなほどパンパンに膨らんだ状態で椅子の上に鎮座していた。

「雑誌の撮影で忙しいのに、合間を縫って下着のモニターもしてくれるから本当に助かってるんだ」

「あ、じゃあもしかして、さっきはサンプルのチェックをしてたんですか？　鏡の前でスカートをめくってるからなにごとかと思いました」

「ああ、アレは効果的なパンチラの練習をしていたのよ」

「……はい？」

「私の趣味なの。男の子を悩殺するパンチラの研究」

「そ、そんな特殊な趣味が……」

新たな世界の存在を知って愕然《がくぜん》とする。

すると、はす向かいの絢花が肩を震わせて笑いをこらえていた。

「澪さんは素直な子なのね。さすがに冗談よ」

「なぜそんな冗談を……」

なんというか独特のテンポの人だ。

初対面の澪のことをいつの間にか下の名前で呼んでいるし。

オブラートに包まずに言うと少し変わった先輩だと思った。

「実は今度、仕事の撮影でさっきの服を着ることになっているのだけど、どの下着がいちばん衣装に合うか試していたのよ」

「え？　雑誌の撮影って、下着も撮るんですか？」

「さすがに写真には写らないけど、可愛い下着をつけると気分が上がるじゃない。意外と大事なのよ、そういうのって」

「ああ、なるほど。ちょっとわかります」

「好きな人と会う時に、背伸びした下着を選んじゃうのと同じ理屈ね」

「それはわかりかねますけど」

いわゆる勝負下着というやつだろうか。

恋愛経験のない澪には理解できない概念だ。

「北条《ほうじょう》先輩は、浦島《うらしま》君の下着のモデルもしてるんですよね？」

「ええ、そうよ」

「どうしてモデルを引き受けたんですか？」

恵太《けいた》に協力するということは、彼に下着姿を見せることを意味する。

年頃の乙女が異性に肌をさらすなど、よほどの事情がなければ承諾しないはずだ。

「もしかして、浦島君になにか弱みでも握られてるとか……」

「水野《みずの》さんは俺をなんだと思ってるの？」

「だって浦島君、下着が絡むとおかしくなるじゃないですか」

「ごもっとも」

どうやら変態の自覚はあるらしい。

恵太が黙ったところで絢花《あやか》が答える。

「下着作りに協力しているのは私の意思よ。もちろん、まったく恥ずかしくないわけじゃないけど、相手が恵太君ならそんなに抵抗はないわね」

「気になってたんですけど、浦島君と先輩はどういう関係なんですか？」

「ああ、私と恵太君は幼馴染《おさななじみ》なのよ」

「幼馴染？」

「俺が今のマンションに引っ越す前は、家が近所だったんだよね」

「幼稚園から高校までずっと一緒の腐れ縁よ」

「それで浦島君、先輩を下の名前で呼んでるんですね」

妙に親しげだったのはそういう理由だったのだ。

「絢花ちゃんは、昔から理想のちっぱいの持ち主だったんだよね」

「理想のちっぱい？」

「そう！　貧乳というほど小さくない、控えめながらも女の子らしさを表現するBカップの胸はまさに神が与えた芸術品！　小さめなサイズのブラはまだまだ需要も高いし、可愛《かわい》いデザインを生み出すためにも、絢花ちゃんの存在は必要不可欠なんだよ！」

「なんだか照れるわね」

恵太に褒められ、微《かす》かに頬《ほお》を赤らめる先輩が可愛い。

たしかに大きさは控えめながら、女性らしい美しいバストラインをしている。

女体マニアの恵太が熱弁するほどだし、彼女も極上の体の持ち主なのだろう。

「浦島君の協力者って、わたしだけじゃなかったんですね」

「そうだね。今のところ、家族以外では絢花ちゃんと水野さんだけだけど。――っと、そういえば、今日は水野さんと仕事の打ち合わせをする予定だったね」

「完全に忘れてました」

もともとそのつもりで準備室にきたのだ。

前振りが長くなったが、ようやく本題に入ることに。

「具体的な作業の説明はあとでするけど、本格的に仕事をしてもらう前に、まずは水野《みずの》さんの採寸をしないといけないね」

「採寸？　でも浦島《うらしま》君、前に見ただけでサイズがわかるって言ってませんでした？」

「おおまかなスリーサイズはわかるけど、さすがに正確な数値までは採寸しないとわからないよ。モデルをしてもらう以上、水野さんの詳細なデータも把握しておかないと」

「それなら仕方ないですね」

「じゃあ、さっそく今から測っていこうか」

「はいっ、お断りします♪」

「あれっ!?　またこのパターン!?」

「測るにしても、男子にやらせるわけないですから」

デザイナーがモデルの体型を把握するのは当然だし、サイズを知られるのはこの際しょうがないにしても、さすがに採寸を異性に任せるのは抵抗があった。

「となると、お店で測ってもらうしかないかな」

「あら、その必要はないわよ」

恵太《けいた》が代案を出すと、話を聞いていた絢花《あやか》が声を上げた。

「わざわざお店にいかなくても、私が測れば解決じゃない」

「絢花ちゃんが？」

「北条《ほうじょう》先輩なら安心ですね」

初対面の店員さんより、彼女に測ってもらうほうがこちらとしても気が楽だ。

魅力的な提案に思えたが、なぜか恵太が難しい顔で考えこんでいて……

「水野さん、本当にいいの？」

「いいもなにも女の子どうしですし、なんの問題もないと思いますけど」

「うーん……」

「なんで煮え切らない顔をしてるんですか？」

「いやまあ、絢花ちゃんなら測り方も知ってるし、水野さんがいいならいいんだけどね」

「決まりね」

話がまとまり、絢花が嬉《うれ》しそうな笑顔を見せる。

「ただ、今日は仕事があるからもう帰らないといけないのよ。水野さんも準備があるでしょうし、採寸は次の休日でもいいかしら？」

「はい、わたしは大丈夫です」

「それなら、当日は俺の部屋を使ってくれればいいよ」

「じゃあ、週末は恵太君の家に集合ということで」

そんな感じで、澪《みお》の人生史上初となる採寸の日取りが決定したのだった。

◆

翌日の朝、教室入りした澪《みお》が教材を机に入れていると、同じく登校してきた真凛《まりん》がなにやら雑誌を抱えてやってきた。

「見て見て、みおっち！　今月の雑誌に北条《ほうじょう》先輩が載ってたよ！」

「北条先輩？」

「ほら、ここ！」

興奮した様子の友人がページを開いて見せてくる。

そこに載っていたのは昨日、被服準備室で会った上級生で。

写真の中の絢花《あやか》は夏物の爽やかな洋服《ワンピース》を身にまとっており、どこかの広場を背景に読者に向けて眩《まぶ》しい笑顔を振りまいていた。

ちなみに、掲載されている名前が違うのは彼女が芸名を使っているからだ。

「北条先輩、芸名が『滝本《たきもと》あや』なんだよね。同じ学校に推しのモデルさんがいるなんて感激だよ～」

「その雑誌、もう少し見せてもらってもいいですか？」

「いいよ～」

真凛に借りた雑誌を机の上に広げてみる。

絢花の着ている洋服も可愛《かわい》いが、どうしても服より本人のほうに意識がいってしまうのは、それくらい彼女の笑顔が魅力的だからだろう。

「北条先輩、すごく可愛いですね」

「そうそう。小柄だけど、どんな服も着こなしちゃうし、それでいて天然の金髪美少女とか反則だよね」

「先輩って、浦島《うらしま》君の幼馴染《おさななじみ》なんだそうですよ」

「えっ、そうなの!?」

「少し話す機会があって。本人が言ってました」

「それは大スクープだね……浦島くんに頼んだらサインとかもらえるかな？」

「さあ、それは聞いてみないと」

「でも、幼馴染かぁ……これはもしかしたら、強力な恋のライバル登場かも？」

「恋のライバル？」

「だって幼馴染だよ？　子どもの頃から仲が良くて、今も同じ学校に通ってるなんて、漫画やドラマなら確実に愛が芽生えるパターンじゃん」

「漫画やドラマならそうかもしれませんが……」

「みおっちがうかうかしてたら、浦島くんが先輩に心変わりしちゃうかもよ？」

「その勘違い、まだ継続中だったんですね」

彼との間には本当に何もないのに、なかなか信じてもらえない。

「それに噂《うわさ》で聞いたんだけどね。北条《ほうじょう》先輩って、入学以来、何度も男子に告白されてるのに彼氏がいたことないんだって」

「そうなんですか？」

「もしかしたら先輩には心に決めた人がいて、それが浦島《うらしま》くんなのかも」

「真凛《まりん》の妄想力がすごい……」

どこからそんな淡い恋のエピソードが浮かんでくるのか不思議でならない。

(でも考えてみれば、いくら幼馴染《おさななじみ》でも簡単に下着姿は見せないですよね……)

言うまでもなく、女子高生が異性に裸を見せるハードルはべらぼうに高い。

途中でうやむやになって、絢花《あやか》が下着作りに協力している理由が謎のままだったが、彼女が恵太《けいた》に好意を抱いていると仮定すればいろいろと説明がつく。

(もしかすると、北条先輩は本当に浦島君のことが……？)

可能性はゼロではないだろう。

浦島恵太は変態だが、世の中にはそんな変態の彼を好きになるような、物好きな女の子だっているかもしれないし……

「うーん……」

「はっ⁉　みおっちが難しい顔してる⁉　心配しなくても大丈夫だよ！　浦島くんはみおっちひとすじだから、幼馴染の先輩になびいたりしないよ！」

「誰もそんな心配はしてませんが」

「そうだ、これでも食べて元気出して？」

「お願いだから話を聞いて……あ、それ、こないだ出た新作ですね」

真凜が鞄《かばん》から取り出したのは小さな包みに入ったキューブ型のチョコだった。

普通のミルクチョコの中にいちご味のチョコが入ったリッチな商品である。

おすそ分けは嬉《うれ》しいし、普段であればありがたく頂戴するところなのだが、今は少々タイミングが悪かった。

（チョコの誘惑は抗《あらが》いがたいものがありますが、今週は浦島君の家で採寸があるんですよね……）

実際に測るのは絢花でも、そのあとデータを恵太に見られるわけで……

「残念ですが、今は大事な決戦前なのでやめておきます」

「？　そう？」

チョコと乙女の威信を天秤《てんびん》にかけて、澪《みお》は後者を選択した。

それで週末のスタイルがどうこうなるとも思えないが、念のため。

そんな複雑な乙女心はもちろん伝わるはずもなく、不思議そうに首を傾《かし》げた真凜が小さな口にチョコを放り込んだのだった。

その日の昼休み、図書室で文庫本を借りた澪《みお》が廊下に出ると、パックのオレンジジュースを手にした恵太《けいた》と遭遇した。

「あれ？　水野《みずの》さん、図書室にいたんだ」

「ええ、暇つぶしに読む本がなくなったので」

「水野さんもこれから教室？　一緒にいってもいい？」

「別にいいですよ」

断る理由もないのでOKし、彼と並んで教室に足を向ける。

「さっきの小テストで秋彦《あきひこ》に負けちゃってさ。罰ゲームでジュース奢《おご》りなんだ」

「浦島《うらしま》君って、瀬戸《せと》君と仲いいですよね」

「中学からの付き合いだからね。俺の仕事の事情も知ってるし」

「そうなんですね」

「あ、でもBL的な関係じゃないから安心していいよ」

「そんな疑いは1ミリもかけてないです」

むしろ、わざわざ否定するところが逆に怪しい気がする。

「そうだ、浦島君。言いそびれてましたが、下着のサンプルありがとうございました。おかげで泉《いずみ》たちと更衣室で着替えられるようになったので、いちおう報告です」

「おお、それは嬉《うれ》しい知らせだね」

「ふたりとも、浦島君の下着を可愛《かわい》いって言ってましたよ」

そんな話をしながら階段を使って教室がある三階へ。

そのまま自分たちのクラスに向かおうとした時だった。

「……ん？」

不意に視線を感じて澪が振り返ると、金色の髪の女子生徒が視界に入った。

「北条《ほうじょう》先輩……？」

恵太は気づいていないが、四階に続く階段の踊り場から、偶然通りがかったと思《おぼ》しき絢《あや》花《か》がじっとこちらを見下ろしていたのだ。

「あ……いっちゃった……」

結局、彼女はすぐに階段を上がっていってしまったが、身を翻《ひるがえ》した際に見えた横顔はどこかムスッとした表情で――

「先輩……なんだか不機嫌そうだったような……」

なにしろ、わかりやすく可愛いほっぺを膨らませていたのだ。

彼女がそんな顔をする原因として思い当たる理由は多くない。

「まさか……わたしが浦島《うらしま》君と一緒にいたから……？」

無論、澪《みお》と恵太《けいた》はカップルではないが、ふたりが談笑しながら移動していたのは事実。

絢花《あやか》がつまらなそうにしていた理由が、恵太と連れ立って歩く後輩女子に嫉妬してしまったからだとしたら——

「これはもしかしたら、もしかするんじゃ……」

真凛《まりん》が語っていた漫画のような恋愛模様。

その可能性が現実味を帯びてきたのである。

◆

休日の午後二時過ぎ、マンションの七階にある浦島家の一室、恵太の私室兼仕事部屋に三人のメンバーが集結していた。

本日の澪の私服は動きやすさを重視したパンツルック。

絢花はシンプルなブラウスにロングスカートという大人っぽい私服姿で。

ふたりを出迎えた恵太は春物のセーターにジーンズを合わせた格好《かっこう》だった。

「相変わらずいい部屋ね。内装に対してトルソーの違和感が半端ないけれど」

「そう？　俺はむしろ、ジョゼフィーヌさんがいないと落ち着かないかな」

「それは浦島君の感覚が麻痺《まひ》してるだけかと。……というか、トルソーに名前をつけてるんですか？」

ちなみに、今日のジョゼフィーヌさんは白の下着をつけていた。

シンプルなデザインながら、青のリボンがアクセントになっていてとても可愛《かわい》い。

「挨拶はこれくらいにして、さっそく本題に入りましょうか。こうしてメンバーも揃《そろ》ったことだし――」

言いながら絢花が振り返り、その青い瞳を幼馴染《おさななじみ》の男子に向ける。

「とりあえず、恵太君はこの部屋から出ていってもらおうかしら」

「ここ、いちおう俺の部屋なんだけどね」

「問答無用よ。今から澪さんの採寸をするのだから当然でしょ」

「すみません、浦島君。採寸中は男子禁制でお願いします」

「まあ、どのみち席を外すつもりだったからいいんだけどね」

澪としても採寸するところを見られたくはない。

彼にはわるいが、しばらくご退室願おう。

「そうだわ。ただ待たせるのもなんだし、コンビニでアイスを買ってきてくれないかしら。先月出た雪うさぎ大福の限定抹茶味。もちろん恵太君の奢《おご》りで」

「え？　でもそのアイスって、人気で品薄のやつじゃなかった？」

「確保するまで帰ってきちゃダメだから♪」

「暴君だ……金髪美少女の皮をかぶった暴君がいる……」

暴君・絢花《あやか》の圧政に恵太《けいた》がおののく。

そんな同級生を横目に見ながら澪《みお》は別のことを考えていた。

（今日の北条《ほうじよう》先輩は普段通りですね）

先日の学校での一件があって心配していたが、今の彼女はむしろ上機嫌で、新しいオモチャをもらってウキウキしている子どものようだった。

「じゃあ、俺は少し席を外すけど……水野《みずの》さん」

「なんですか？」

「これだけは言っておく……危なくなったら一目散に逃げるんだよ」

「この部屋、テロリストでも潜んでるんですか？」

謎の言葉を残して彼は部屋を出ていった。

これから限定アイスを求めて外の世界に旅立つのだろう。

「邪魔者は追い払ったし、私たちも準備をしましょうか」

「そうですね」

指示に従い、手頃なスペースに移動した澪が自分の服に手をかける。

するとその横で、絢花も自分のブラウスのボタンを外し始めていた。

「あれ？　なんで先輩も脱いでるんですか？」

「ひとりだけ脱ぐのは恥ずかしいかと思って。一緒なら緊張も和らぐでしょう？」

「それは、まあ……」

「それに、私も脱いだほうが視聴者サービスになるものね♪」

「それはよくわかりませんけど」

視聴者サービスはともかく、どうやら彼女なりの気遣いらしい。

特に断る理由もないのでそのままふたりで作業を再開。

それぞれ上着を脱いで、ズボンとスカートを取っ払い、靴下まで脱ぎ捨ててお互いの下着姿をお披露目《ひろめ》した。

「あら、可愛《かわい》い下着をしてるのね」

「浦島《うらしま》君が作ってくれたんです。北条先輩の下着も素敵ですよ」

「ふふ、ありがと♪」

今日の澪の下着は澪シリーズ第一号である水色のランジェリー。

絢花が着けていたのは愛らしいピンクの下着で。

恵太が絶賛していただけあって彼女の体は絶品と言うほかなく、胸のサイズは控えめながら、ほどよく丸みを帯びた女の子らしいボディーラインが本当に綺麗《きれい》だった。

「採寸って、下着をつけたまま測るんですよね」

「そうよ。特にバストは正しい位置で測るのが鉄則だから」

「正しい位置？」

「ピンとこないかもしれないけれど、ブラは魔法のアイテムなのよ。胸をベストな位置に収めて綺麗《きれい》に見せてくれる優れものなんだから」

「そういえば、浦島《うらしま》君の下着をつけると胸のボリュームがアップする気がします」

「それはブラが効果を発揮してる証拠ね。胸が正しい位置に収まっていると姿勢も良くなるし、肩への負担も減るしでいいこと尽《ず》くめよ」

「いろんな効果があるんですね」

そんなこんなで準備は完了。

あらかじめ用意されていたメジャーを手に、下着姿の絢花《あやか》がやってくる。

「それじゃあ、採寸を始めましょうか」

「よろしくお願いします」

「まずはバストからいくわね。バストを測る時はブラを着けた状態で、胸のいちばん高い位置にメジャーをあてるの。それから胸の形を崩さないよう注意して測定するのよ。というわけで澪《みお》さん、腕を上げてもらえるかしら」

「わかりました」

言われた通り両腕を上げる。

胸にメジャーを巻いたあと、腕を下ろした状態で数値を確認した。

「トップバストが終わったらアンダーバスト。こちらは乳房の真下から測定するわ。下着選びの時に必要になる、とても重要な部分ね」

胸の真下から背中にかけてメジャーを巻く。

バストと同じ手順なので、こちらも滞りなく終了。

「次はウエスト。姿勢を正して、自然と立った状態で、腰回りのいちばん細いところを測定するわ」

ウエストも特に問題なく、順調に測定できた。

「最後にヒップ。胸と同じようにお尻のいちばん高いところを測定するわ。こちらも形を潰さないように優しくメジャーをあてるのよ」

そうして、ショーツに包まれたヒップの採寸に移った時だった。

「ひゃっ!?」

「あら、どうかした？」

「あ、いえ……なんでも……」

メジャーを巻く際、さりげなくお尻を撫《な》でられた気がしたのだが……

女の子が女の子にセクハラをするはずがないので、さすがに気のせいだろう。

(女の子どうしとはいえ、やっぱり少し恥ずかしいですね……)

他人にここまでじっくりと体を見せる機会はなかなかないし、体のデータを取られるのもなんだか落ち着かない。

そんなことを考えているうちにヒップの採寸が完了。

メジャーをデスクの上に置いた絢花《あやか》が、紙に書いた数値を確認していく。

「バスト84、ウェスト56、ヒップ82、アンダーバストは66……っと。本当にいいカラダをしてるわね。典型的な脱いだらすごいタイプよ」

「似たようなことを浦島《うらしま》君にも言われました」

理想の体型だとか言って、パンツを穿《は》かせようとしてきた頃が懐かしい。

「単純な興味なのだけど、澪《みお》さんはどうして恵太《けいた》君に協力することになったの？」

「……まあ、いろいろと事情がありまして」

視線を逸《そ》らしながら言葉を濁す。

さすがに黒歴史であるワンコインパンツについて話すのは憚《はばか》られた。

「先輩こそ、どうして協力を？　やっぱり幼馴染《おさななじみ》だからですか？」

「そうね。幼馴染なのもあるけど、しいていえば、私が恵太君にとって初めての女の子だからかしら」

「えっ？　は、初めてって……」

飛び出した刺激的な言葉に面食らう。

　思わず桃色の想像をしてしまい、顔が燃えるように熱くなった。

「あら、赤くなっちゃって可愛《かわい》い。でも、澪さんが考えているような刺激的な話ではないから安心していいわよ」

「じゃあ、いったいなにが初めてなんですか？」

「うーん……ぜんぶ語ってると長くなるから、ダイジェスト版で話すわね」

「ダイジェスト版……」

　めずらしい前置きをして絢花は語り始めた。

「意外に思うかもしれないけど、私、子どもの頃はぜんぜん可愛くなかったのよ。前髪が長くて暗かったし、顔はそばかすだらけで、学校の子たちにいつもからかわれてたわ」

「ぜんぜん想像できないです……」

「でしょう？」

　おどけるように言って、彼女が優しい笑顔を見せる。

「でもね、恵太君だけはそんな私を可愛いって言ってくれたの。きっと落ち込んでた私を元気づけようとしてくれたのね。それだけでも嬉《うれ》しかったのだけど、極めつけにその年の、私の八歳の誕生日に、恵太君が自分でデザインしたパンツをプレゼントしてくれたのよ」

「え？　パンツを？」

「それも、絶対に絢花ちゃんに似合うからって得意げに言うのよ？　思わず笑っちゃった」

「浦島《うらしま》君、子どもの頃からそんな感じだったんですね……あれ？　じゃあ、さっき言ってた初めてというのは……」

「恵太《けいた》君の作った下着をつけた、初めての女の子という意味ね」

絢花《あやか》の誕生日にくれたのは純白のショーツだったという。

まだ幼かった恵太が初めてデザインしたもので、そのデザインを元に、プロのランジェリーデザイナーだった彼の父が形にしてくれたらしい。

「そのパンツがすごく可愛《かわい》くてね。いつかこの下着に相応《ふさわ》しい、素敵な女の子になろうって思ったわ。恵太君のくれたランジェリーが私を前向きな性格にしてくれたのよ」

それは、澪《みお》が協力を決意したのと同じ理由だった。

素敵なランジェリーが澪の意識を変えたように。

彼が幼い頃に作った下着が、ひとりの女の子の人生を変えたのだ。

「可愛くなるための努力をして、そのうち雑誌の仕事をもらえるようになって……今の自分があるのはぜんぶ恵太君のおかげなの。彼が下着をプレゼントしてくれたあの時から、私は恵太君のランジェリーのファンになったのよ」

「なるほど、そんなことがあったんですね」

自分の容姿にコンプレックスのあった女の子が奮起して、モデルに抜擢《ばってき》されるほど綺麗《きれい》になるなんて、なんとも素晴らしいシンデレラストーリーである。

なのに、澪の頭の中にあったのは感動とは無関係のまったく別の感想で――

（いやいや待って？　これって北条《ほうじょう》先輩、絶対に浦島君のことが大好きなパターンですよね？　喋《しゃべ》りながら頰《ほお》を赤くしてるし、表情とかもう完全に恋する乙女ですし……）

半信半疑だったが、今の話を聞いて確信した。

絢花の一連の仕草や反応は、幼馴染《おさななじみ》の男の子への恋心を如実《によじつ》に表していたのだ。

「まさか真凛《まりん》の推理が当たっていたとは……」

「？　推理？」

「なんでもないです。――それより採寸、ありがとうございました」

「あら、これで終わりじゃないわよ？」

「え？」

「事前に恵太君に言われてたのよ。水野《みずの》さんは今回が初めての採寸だし、せっかくだから全身のデータを取ってくれって」

「ぜ、全身のデータ……？」

「ええ、頭の先から足の裏までくまなく測定しろとのお達《たつ》しよ」

「でも採寸って、スリーサイズがわかれば充分なのでは？」

「下着を選ぶ時はそれで充分だけど、私たちは下着作りのためのモデルだから、全身の詳細なデータが必要不可欠なのよ」

「そう言われると反論できないですけど……具体的にはどこを測るんですか？」

「それはもう隅々まで。肩幅に股下、腕や脚まわりのデータもあるといいわね」

「そ、そんなところまで……」

本当に全身のデータを取るつもりのようだ。

脚の太さとか、なんとなくウェストを測定されるより恥ずかしいが、小心者の自分が上級生の絢花《あやか》に意見できるはずもなく——

「というわけで、採寸の第二ラウンドを始めましょうか？」

「……はい」

無駄な抵抗をやめた澪《みお》は、運命に身を任せることを決めたのである。

◇

一方その頃、お使いに繰り出した恵太《けいた》は三軒目のコンビニを出たところだった。

「ここも売り切れとは……さすがは大人気の雪うさぎ大福……」

雪うさぎ大福は、その名の通り雪うさぎを模した氷菓である。

うさぎの形のもちの中にアイスが入っている画期的な商品なのだが、最近、期間限定で発売された抹茶味が口コミによって空前の大ヒット。

品薄が続いているとの前情報通り、恵太は絶賛、雪うさぎ難民となっていた。

「水野《みずの》さん、大丈夫かな……いちおう絢花ちゃんには釘《くぎ》をさしておいたけど……」

その指示を幼馴染《おさななじみ》が守るかといえば怪しいところだ。

甘く見積もって五分五分《ごぶごぶ》――いや、彼女の性格を考えればむしろ分が悪い。

「早く見つけて帰らないと……水野さんは絢花ちゃんの〝本性〟を知らないからね……」

同級生が心配だったが、引き受けた以上はアイスを入手するまで帰れない。

生来の真面目な性格が災いし、お使いを放り出して帰るという選択肢が浮かばなかった恵太は再びアイスを探す旅へ。

その後、すがるような思いで四軒目のコンビニに入店したのだが……

「ここもダメだったか……」

残念ながら、店内の冷凍ケースに目的のうさぎの姿はなかった。

「これで近場にあるコンビニは全滅だね……」

目的を果たせず、しょんぼりと肩を落としながら店を出た恵太は、不意に入り口前の駐車スペースで足を止めた。

「……あれ？　さっきなかですれ違った子だ」

視線の先、駐車場に停《と》められた黒塗りのセダンの前に、自分と同年代くらいの女の子が立っていたのだ。

身長は澪《みお》と同じくらいだろうか。

ニットの服にスカート姿のその子は黒髪のショートボブが印象的な美少女で、このコンビニに入店した際、ちょうど会計を済ませた彼女と入れ違いになったのだ。

「よく見るとあの子、けっこう胸あるなぁ……というか、なんだか揉《も》めてる？」

黒髪のその子はひとりではなく、スーツ姿の人物となにやら揉めている様子だった。

スーツの人の身長は女の子より高く、160センチ台の半ばと推定。

明るい茶髪のベリーショートで、一見すると男性のようにも見えるが、細身のシルエットは間違いなく女性のものだ。

男装の麗人といった雰囲気のその女性に、女の子が迷惑そうに言い返す。

「とにかく帰ってください！　私はもう戻るつもりはないから――」

「いいや、この際だから言わせてもらう！　ユキナは戻ってくるべきだ。せっかく恵まれたものがあるんだから――」

話の内容は不明だが、はたから見ても両者の主張が一方通行なのがわかる。

ユキナというのはおそらく女の子の名前だろうが、ふたりは家族といった雰囲気ではないし、女の子のほうは本当に困っている感じだ。

「これは、さすがに見過ごせないよね……」

緊急事態につき雪うさぎ探しは一時中断。

いざこざへの介入を決めた恵太《けいた》はふたりに近づき、相手を刺激しないよう穏やかな口調で声をかけた。

「あの、ちょっといいですか？」

「……え？」

「？　なんだ、お前は？」

見知らぬ男子の登場に女の子が目を見張り、スーツの女性が眉をひそめる。

「これは私とその子の問題だ。部外者は黙っていてほしいのだがね」

「俺としてもそうしたいんですけどね。その子が困っているように見えたので」

「だから、それが余計なお世話だと言ってるんだ」

「では、余計なお世話ついでにひとつ忠告を。おふたり、さっきから注目されてますよ」

「む……」

言われて女性が周囲を確認する。

コンビニの前で騒いでいたので当たり前だが、店のお客さんや通行人など、数人の人間がこちらを見ていた。

「事情は知らないけど、騒ぎになるのはお互いのためにならないんじゃないですか？」

「……ちっ」

スーツの女性が舌打ちして、その鋭い視線を女の子に戻した。

「今日は帰るよ。気が変わったらいつでも連絡してこい」

「………」

無言のまま視線を逸《そ》らす女の子にそう言い残して、セダンの運転席に乗り込んだ女性はエンジンをかけ、慣れた様子で車を切り返すとそのまま走り去っていった。

「ああ、緊張した……慣れないことはするもんじゃないな」

ようやく緊張状態から解放され、恵太《けいた》が安堵《あんど》の息をこぼす。

すると、こちらにやってきた女の子がぺこりと頭を下げた。

「助けていただいてありがとうございました」

「どういたしまして。――それより大丈夫？　ずいぶん迫力のある人だったけど」

「大丈夫です。あの人、いちおう知り合いだから」

「そうなんだ」

どういう関係か気になったが、あまり人様の事情に口出しするのもよくない。

危機は去ったし、こちらも本来の用事である雪うさぎ探しに戻るとしよう。

「じゃあ俺、用事があるからこれで――」

「あっ、待ってください！」

「ん？」

「お礼といってはなんですが、よかったらコレ、もらってください」

「これって……」

　彼女が差し出したコンビニ袋。

　その中に入っていたのはなんと雪うさぎ大福だった。

　それも、ずっと探し求めていた限定抹茶味がみっつも並んでおり、ようやく巡り合えた感動で思わず食い入るように見てしまう。

「あれ？　もしかしてお嫌いでしたか？」

「いや、むしろ探してたんだよ。このへん、どこも売り切れだったから」

「それなら、ちょうどよかったですね」

「でも、本当にもらっていいの？」

「いいんです。まだ家にたくさんストックがありますし」

「たくさんストック？　雪うさぎ大福を？」

「？　一般的な家庭なら、冷蔵庫に雪うさぎ大福が群れをなしているものですよね？」

「それはどうだろう……」

　少なくとも浦島《うらしま》家の冷蔵庫に雪うさぎの大群はいない。

　ともあれ、これでお使いクエストは完了だ。

　思わぬ形で目当ての品をゲットし、心からの感謝を告げて女の子と別れた恵太は、急いで同級生の待つ自宅に向かったのだった。

◆

採寸の第二ラウンドを始めてから三十分後。

澪《みお》は未《いま》だ水色の下着姿のまま、ぐったりとした様子で床の上に座り込んでいた。

「本当に隅々まで採寸されてしまいました……」

「ふふ、おつかれさま」

同じく下着姿でねぎらってくれる絢花《あやか》に笑顔を返す元気もない。

全身くまなくデータを採取されて疲労困憊《ひろうこんぱい》の状態だったが、いつまでもこうしてはいられないので、傍《そば》にあったベッドに手をかけて立ち上がる。

「もう服を着てもいいですよね？」

「そうね。——向こうも手こずっているみたいだし、そろそろ頃合いかしら」

「？　頃合い？」

妙な言い回しに振り向くと、いつの間にか目の前に絢花が立っていて、伸ばされた彼女の手が澪の頬《ほお》にそっとふれた。

向かい合った金髪の少女が、その唇をふっと緩ませて——

「邪魔者が帰ってこないうちに、本日のメインディッシュといきましょう」

「……え？」

次の瞬間、澪はベッドの上に倒れていた。

正確には、絢花の手で肩を押され、そのまま押し倒されてしまったのだ。

恵太《けいた》のベッドはとても柔らかく、澪の使っている布団とは比較にならないほどふかふかだったが、高そうなマットレスにうっとりしている場合じゃない。

気にするべきはベッドではなく、自分の上に馬乗りになり、手にしたメジャーで手錠のように後輩の手を縛った上級生のほうだ。

「ほ、北条《ほうじょう》先輩……？　これも採寸の続きですか……？」

「採寸は終わりよ。ここからは私の個人的な趣味の時間ね」

「趣味？」

「ええ。澪さんがすごく可愛《かわい》いから、この機会に味見しちゃおうと思って」

「味見って……」

「澪さんをおいしくいただいちゃうってことよ。もちろん、性的な意味でね」

「性的な意味で!?」

「だって、こんなに可愛い子があられもない姿で同じ部屋にいるのよ？　ずっとムラムラして仕方なかったわ。途中、我慢できなくてさりげなくお尻を撫《な》でちゃったし」

「あれって、わざとだったんですか!?」

どうりでさわさわされると思った。

採寸中の澪《みお》はかなり危険な状態にあったらしい。

「ぶっちゃけ澪さんは私の好みど真ん中なのよね。サラサラの髪も素敵だし、顔も綺麗《きれい》だし、なにより細身なのに出るところは出てるえちえちなボディには興奮しかないわ」

「ちょ、ちょっと待ってください……っ！」

状況が怪しい方向に突き進むなか、たまらずストップをかける。

情報量が多すぎて既にパンク気味ではあるが、これだけは確認しておきたかった。

「北条《ほうじょう》先輩は……浦島《うらしま》君が好きなんじゃないんですか……？」

「あら、どうしてそう思ったの？」

「だって先輩、わたしが浦島君といるのをつまらなそうに見てたから……」

「そうね。たしかにちょっと妬《や》いちゃったわ。澪さんみたいな可愛《かわい》い女の子を独り占めするなんて、恵太《けいた》君ばかりいい思いをしてずるいもの」

「あれってそういう意味だったんですか⁉」

絢花《あやか》が嫉妬していたのは澪に対してではなかった。

好みの女の子を独り占めしていた恵太に対してだったのだ。

「じゃあ、浦島君をこの部屋から追い出したのも……」

「もちろん、澪さんとふたりきりになるためよ」

「なんてこと……」

狙いは最初から澪だったらしい。

今日は開幕からやけに上機嫌だったのも、そう考えると納得だ。

「まさか北条先輩が、女の子が好きな人だったなんて……」

「誤解しないでほしいのだけど、別に男の子が嫌いなわけじゃないわよ？　私の場合は女の子もいけるってだけ」

「なるほど、雑食系なんですね」

異性も同性も恋愛対象になる。そういう人がいることは知っている。

しかしまさか同じ学校に在籍しているとは。

そして彼女の守備範囲に自分が入っていようとは。

そんな未来、予測できるはずがない。

「あ、でも安心して？　誰でも無差別にってわけじゃなくて、澪さんみたいな可愛い子にしか興味ないから」

「安心できる要素が見当たらないんですけど……」

「知らないと思うけど、女の子どうしも意外と悪くないのよ？」

「ほ、北条先輩……？」

「ああっ、ほんとうに可愛い……ほどよく膨らんだ胸も、まっさらなお腹《なか》も、小振りなお尻も……ぜんぶ……ぜんぶ私好みよ……」

「ひゃん⁉」

絢花《あやか》の手が内ももにふれ、驚きから変な声が出た。

「ちょっと先輩、どこさわって……っ⁉」

「こわがらなくてもいいわ。大切な初体験だもの。痛いことはしないし、私に任せてくれれば、すぐに天にも昇る気持ちにさせてあげるから♡」

「そ、それって……」

「同じ女の子どうしだもの。弱いところがどこかなんて、調べるまでもないわよね？」

「せ、せん……ぱい？」

脚をさわっていた彼女の手が、今度は澪《みお》の胸の肌にふれる。

抵抗しようとするも、両手をメジャーの手錠で拘束されたうえ、体の上に乗られてしまっているため自由がきかない。

見れば、絢花の頬《ほお》が紅潮していて、彼女が興奮しているのが読み取れた。

お互い下着姿のまま、ほとんど裸の状態で密着して、肌にふれられている状況にこちらまで頬が熱くなる。

相手は女の子なのに――否《いな》、女の子が相手だからこそ余計にドキドキしてしまう。

「ね、澪さん？　キスしてもいい？」

「え……？」

「もしかしてキスも初めて？　大丈夫よ。私が優しく教えてあげるから――」

うっとりと微笑《ほほえ》んだ上級生が、甘くとろけるような声音で告げる。

「一緒に、新しい世界の扉を開きましょう？」

伸ばされた絢花《あやか》の手が頬《ほお》にふれる。

彼女の可憐《かれん》な唇が、淡く開かれた状態で迫ってくる。

このままいけば本当に、あとほんのわずかな時間で唇を奪われてしまうだろう。

「………ダメ……」

無意識に、拒絶の言葉が口を伝う。

自分が誰かと付き合う未来なんて想像もできないが、初めての相手は好きな人がいいという、女の子なら誰もが抱く淡い憧れが澪《みお》にもあって――

「う、浦島《うらしま》君――っ!!」

ぎゅっと目を閉じた澪が、頭に浮かんだ彼の名前を叫んだ瞬間、

「水野《みずの》さん!?」

部屋のドアが開け放たれ、今まさに思い浮かべた人物が飛び込んできた。

驚く女子ふたりの視線を一身に浴びながら、コンビニ袋を提げた恵太《けいた》が現場を確認して額に手を当てる。

「あー……やっぱりこうなったか……」

「いいところだったのに……思いのほか早かったわね……」

助けがきたことにほっとしたのも束《つか》の間《ま》、ちらりと恵太を見た絢花が、仕切り直しとばかりに再び澪に視線を向ける。

「まあでも、ギャラリーがいても問題ないわよね？」

「問題しかないですよ!?」

愛の営みを続けようとする絢花と、彼女から逃れようと必死で体をよじる澪。

そんな女子ふたりの様子を恵太が興味深そうに観察していた。

「ふむ……下着姿なら女の子どうしの絡みも案外悪くないかもね……」

「変なことを言ってないで助けてください！」

「そうしたいのはやまやまなんだけど……」

煮え切らないことを言って、なぜか気まずげに視線を逸《そ》らす恵太。

彼の反応に「？」とクエスチョンマークを浮かべた澪だったが、すぐにその原因に思い至って「あっ!?」と大きな声を上げた。

今の自分は花も恥じらう下着姿。

しかも絢花《あやか》の手によってブラの肩紐《かたひも》がさりげなく外されており、もう少しで大事な部分まで見えてしまいそうな、サービスショット満載の大変悩ましい姿だったのである。

「あ……あああ……っ」

この感情をなんと呼べばいいのだろう？

未《いま》だかつてない羞恥の感情で心が焼き切れそうになる。

異性にあられもない姿を見られた精神的ダメージにより、このあと澪《みお》は生まれてから一度も出したことのない、大きな悲鳴を上げてしまったのだった。


数分後、ようやく服を着た澪は部屋のソファーにちょこんと腰掛けていた。

その横にはアイスを冷蔵庫に仕舞《しま》ってきた恵太《けいた》が腕を組んだ状態で立っており、彼の目の前、部屋の床の上に同じく服を着た絢花が正座させられていた。

「まったく絢花ちゃんは……いくら水野《みずの》さんを気に入ったからって、無理やり押し倒したりしたらダメだよ？」

「はぁい……」

絢花が叱られた子犬のようにしゅんとする。

そうして正座した状態のまま、上目遣いに澪を見た。

「澪さん、ごめんなさい。美少女とちゅっちゅしたい願望を抑えられなくて」

「まあ、今後は気をつけてもらえれば」

たしかに絢花の本性は衝撃的だったし、女の子に襲われるなんて夢にも思わなかったが、澪としてはそのあとに起きたことのほうが何倍もトラウマで——

「それよりも、個人的には浦島《うらしま》君に見られたショックのほうが大きいです……」

「それに関しては本当にありがとう」

「お礼とか求めてないですから。……わたしのほうこそ、助けにきてくれてありがとうございます」

恵太は澪の悲鳴を聞いて駆けつけてくれたのだ。

故意に覗《のぞ》いたのならともかく、これで彼を責められるほど澪の性格は悪くない。

そんなこんなでお説教が終わり、立ち上がった絢花が恵太に一枚の紙を渡した。

「はいこれ、澪さんの採寸の結果よ」

「ほほう、これはこれは……」

「なんだか、ものすごく恥ずかしいんですけど……」

さすがに体重は載せていないが、体のデータを異性に確認されるのは裸を見られている感じがして落ち着かない。

「なにも恥ずかしくなんてないわ。澪さんの体は女の子なら誰もが羨む極上のものよ」

「ありがとうございます」

「若い体を持て余した時は、気軽に声をかけてちょうだいね？」

「あ、それは間に合ってます」

本当に間に合っているので笑顔で即答しておく。

綾花《あやか》と違い、女の子とどうこうなる趣味は澪《みお》にはないのだ。

「というか浦島《うらしま》君、北条《ほうじょう》先輩が危険人物だって知ってたなら教えてくださいよ」

「それとなく伝えようとはしたんだけどね。採寸も本当に綾花ちゃんに任せていいか確認したし、部屋を出る時も気をつけるように忠告したでしょ？」

「まさか先輩に気をつけろって意味だとは思いませんでしたよ」

「危険人物だなんて酷《ひど》い言い草ね。私はただ可愛《かわい》い女の子をハスハスしたり、パンツを脱がせたりしたいだけなのに」

「じゅうぶんアウトじゃないですか」

まさに美少女の皮をかぶった変態。世に放ってはいけないレベルだと思う。

「北条先輩は、本当に女の子が好きなんですね」

「ええ、それはもう。雑誌のモデルをしてるのも、この仕事ならキュートな女の子たちとお近づきになれると思ったからだもの」

「筋金入りじゃないですか」

「澪さんがきてくれたから、これからはリュグの仕事のほうも楽しくなりそうね」

大人びた笑みを浮かべた絢花が、意味ありげな流し目を送ってくる。

「というわけで澪さん、このあと一緒にお茶でもどうかしら？」

「お茶だけで済みそうにないので遠慮します」

とりあえず、今後この先輩には気をつけよう。

心からそう思った。

◇

その日の夜、入浴を済ませ、部屋着に着替えた絢花は自室でくつろいでいた。

ベッドにうつ伏せになって、手にしたスマホで仕事のスケジュールを確認しながら、不意に昼間にあった出来事を思い出す。

「それにしても、今日の澪さんは可愛かったわね」

上級生の女子に迫られ、恥ずかしがる後輩の様子はとても素晴らしいものだった。

「私好みの美少女だし、素敵な後輩が入ってくれて嬉《うれ》しいわ」

念願の新規メンバー。

それも需要の高いDカップの女の子である。

ブランドにとっても、下着のモニター要員が増えるのは喜ばしいことだ。

「でも、浮かれすぎてつい昔話をしすぎちゃったわね……」

それで思い至って、絢花《あやか》がむくりと体を起こす。

ベッドを下り、向かったのは下着を保管しているチェスト。

引き出しを開けて、整理されたコレクションの中から取り出したのは、ひときわ小さな純白のショーツだった。

それは子どもの頃、幼馴染《おさななじみ》の男の子がプレゼントしてくれた思い出の品で。

成長して穿《は》けなくなってからも大切にしている宝物だ。

「さすがに言えないわよね……可愛《かわい》くなろうと思った本当の理由が、好きな男の子に振り向いてほしかったからだなんて……」

女の子が大好きな絢花だが、異性が恋愛対象外なわけではない。

美少女のお尻を追いかけるのは、いわばデザートの別腹みたいなもので。

幼い頃に胸に抱《いだ》いた初恋は、現在も絶賛継続中だった。

◆

週明けの昼休み、被服準備室の席に座った澪《みお》は恵太《けいた》が持ってきた雑誌を眺めていた。

「本当に載ってる……」

開いたページに載っていたのは、例のうさ耳メイドの衣装を着た絢花で。

トランプの兵隊やうさぎのぬいぐるみが並ぶファンシーなセットの中、カメラ目線で微笑《ほほえ》む彼女は本当に愛らしく、全身がキラキラと輝いているように見えた。

「これがプロ……普段とぜんぜん雰囲気が違いますね……」

「絢花ちゃんは何を着せても似合うよね」

隣の椅子に腰掛けた恵太曰《いわ》く、この雑誌は『美少女×ちょっぴり非日常』をコンセプトにしたマイナーな雑誌らしい。本来は普通のファッション雑誌の仕事が多いようだが、今回は面白そうだからという理由でオファーを受けたそうだ。

「こんなに可愛い人が女の子好きなんですよね……」

「絢花ちゃん、可愛い女の子に目がないからね。アレでかなりの面食いだから、水野《みずの》さんは自信を持っていいと思うよ」

「嬉《うれ》しいような、そうでもないような……」

悪い気はしないが、内面も見てほしいという複雑な乙女心である。

「そういえば私たち、最近この部屋に入り浸《びた》りですけど、勝手に使っていいんですかね？

さんざん更衣室のかわりにしておいて今さらですが」

「それなら大丈夫だよ。家庭科の先生に、自由に使っていいって許可はもらってるから」

「そうなんですか？」

「定期的に掃除をするって条件付きだけどね。おかげで忙しい時とか、昼休みも作業できて助かってるんだ」

「それであの時、この部屋にタブレットを置き忘れてたんですね」

そんな話をしていると、どこからか〝ヴヴヴ〟とバイブ音がして、恵太《けいた》がズボンのポケットからスマホを取り出した。

「お、代表からメールだ」

「代表って、リュグの社長ですか？」

「そうそう。内容はリュグの次回作の件だね。新作は大きめのブラもラインナップに入れたいから、巨乳の女の子をイメージしたデザインを上げろってさ」

「じゃあ、新しい仕事ですね」

「そうだね……」

「あれ？　なんだか浦島《うらしま》君、乗り気じゃなさそうですけど」

その指摘に、彼はバツが悪そうに頬《ほお》をかく。

「実は俺、大きめのブラのデザインが苦手なんだよね」

「浦島君にも苦手なものがあるんですね。……でも、言われてみればリュグのラインナップもAからDカップくらいが多い気がします」

「実際、平均はそれくらいが多いから、ブランドの方針としては間違ってないんだけどね。ただ、昔に比べると胸の大きな女の子も増えてきてるし、大きめのブラの需要もかなり高まってきてるんだよ」

「つまり、苦手だとか言ってる場合ではないと」

「そういうこと」

「じゃあ、さくっとデザインを上げないといけないですね」

「さくっとできたら苦労しないんだけどね……」

どこか影のある顔でため息をつく恵太。

普段は無駄にポジティブなのに、本当に大きめのブラが苦手なようだ。

「今回は、絢花《あやか》ちゃんや水野《みずの》さんに協力してもらうわけにもいかないからなぁ……」

「わたしもそこまで大きくないですからね」

「どこかにモデルをしてくれる巨乳女子がいたりしないかな。おっぱいの大きい子が、下着姿で女豹《めひょう》のポーズを取ってくれたらいいアイデアを思いつく気がする」

「それ、浦島君の個人的な趣味じゃないですよね？」

発言は相変わらず最低だが、仕事にかかわる話なので無視もできない。

「そもそも巨乳って、どこからが巨乳なんですか？」

「明確な決まりはないけど、ざっくりFカップくらいからかな」

「ああ、たしかにFカップは巨乳の代名詞って感じがしますね」

「というわけで、水野《みずの》さんに巨乳の女の子の知り合いがいれば教えてほしい」

「そんな知り合いはいませんし、簡単には見つからないと思いますよ」

ただでさえ巨乳の女の子は少数派と聞く。

そうそう都合よく近くに生息しているとは考えにくい。

「でも、胸の大きな女の子ですか……そういえば最近、どこかでそんな話を耳にしたような……」

「あ……」

そんなに昔の話じゃなくて、恵太《けいた》と協力関係を結ぶ前くらいだと思うが……

巨乳で記憶に検索をかけると、一件だけヒットした。

「いるかもしれません……Fカップの女の子……」

「え？　ほんとに？」

「以前、真凜《まりん》が話していたことがあって」

彼女が胸のサイズについての悩みを打ち明けた時、今年の新入生に胸の大きな女の子がいるという話題が出ていたのだ。

その子の名前はたしか――

「長谷川雪菜《はせがわゆきな》っていう、一年の子なんですけど――」

第四章　私がモテるのはどう考えてもおっぱいが悪い！

Lingerie girl wo okini mesu mama

被服準備室で『長谷川雪菜』にまつわる話を聞いたあと、恵太は澪《みお》と共に巨乳と噂《うわさ》の後輩を探して教室棟の二階を訪れていた。

「あの子が噂の長谷川さんか」

「一発でわかりますね」

誰かに確認するまでもなく、すぐに目当ての人物は見つかった。

目印になったのは言うまでもなくその女子生徒の立派なバストである。

廊下で男子生徒と談笑していた彼女は、黒髪のショートボブが素敵なかなりの美少女で、高校生とは思えない豊かなバストが制服の胸元を押し上げていたのだ。

「ふむ……噂通り、なかなかのサイズだね」

「そうですね。噂のFカップは伊達《だて》じゃないみたいです」

恵太と澪の視線もその子の胸部に釘付《くぎづ》けである。

もはや胸しか見ていないと言っても過言ではない。

「しかも、めちゃくちゃ可愛《かわい》いですし。話してる男子がデレデレしてますよ」

「吉田《よしだ》さんの話じゃ、学年のアイドルって言われてるんだっけ」

「けど、なんでしょう……わたし、あの子に見覚えがあるような……」

「奇遇だね、俺も見覚えがあるよ。というか、つい先日コンビニの前で会ってる」

「浦島《うらしま》君、知り合いなんですか？」

「まあ、ちょっとね」

知り合いというか、助けたお礼にアイスをもらった仲だ。

「でも、なんだろう……？　あの子の胸、なんとなく違和感があるような……」

「違和感？」

「うーん……うまく言葉にできないんだけどね……」

のどの奥に小骨が引っかかっているような感じ。

確証はないし、違和感としか言いようのない感覚なのだが、恵太《けいた》のランジェリーデザイナーとしての勘が何かを感じ取っていたのだ。

（いったい、なにがこんなに気になってるんだ……？）

探し求めていた、Ｆカップと噂《うわさ》の後輩女子。

実際に目にした彼女の胸部はなかなかの戦闘力で、状況としては悪くないはずだ。

なのに、微《かす》かな違和感がぬぐえないのはなぜなのか——

「浦島君っ！」

「……え？」

澪《みお》の声で我に返ると、いつの間にか雪菜《ゆきな》が目前まで迫っていた。

考えごとをしている間に、お喋《しゃべ》りを切り上げた後輩がこちらに歩いてきていたのだ。

相手の接近に気づかなかったことに加え、ふたりが隠れていたのは廊下の角、階段と通路のちょうど合流地点で――

何も知らない後輩がそのまま角を曲がり、恵太と雪菜は出会い頭に正面衝突した。

「うわっ⁉」

「きゃっ⁉」

彼女もまさかそこに人がいるとは思わなかっただろう。

立ち止まっていた男子を押し倒す形で雪菜が転び――

こちらの背中が床に当たった瞬間、恵太の腹部に、たわわに実ったふたつの果実が全力で押し当てられていた。

「な……っ⁉」

体験したことのない未知の感触に思わず唸《うな》る。

視線を下に向けると、自分と彼女の間に挟まれた見事な乳房を確認できた。

（なんだこのボリュームは……っ⁉）

それは、控えめに言って人智《じんち》を超越した膨らみで。

間違いなく世界で戦える、ワールドクラスのおっぱいに恵太が驚愕《きょうがく》した直後、

「イタタ……って、あっ⁉」

我に返った雪菜《ゆきな》が慌てたように体を離した。

そのまま立ち上がり、自分が下敷きにした男子を見て彼女が顔を青ざめさせる。

「あ、あの……ごめんなさい！」

胸を押し当ててしまったのが恥ずかしかったのだろうか、顔を真っ赤にした後輩が階段に足をかけ、下の階へ向かって走り去ってしまう。

倒れたまま恵太《けいた》が起き上がれずにいると、心配した様子で澪《みお》が傍《そば》にやってきた。

「浦島《うらしま》君、大丈夫ですか？」

「…………」

「……浦島君？」

再度声をかけられ、ようやく上体を起こした恵太は、雪菜が立ち去ったほうを見ながら呆然《ぼうぜん》と呟《つぶや》いた。

「なんなんだ、あの子の胸は……」

「ああ、たしかにすごい大きさでしたね。さすがは噂《うわさ》のＦカップ」

「……違う」

「え？」

「長谷川《はせがわ》さんは、Ｆカップなんかじゃない……」

あの質感はそんなものじゃなかった。

柔らかさの中にしっかりとハリのある乳房はそれだけでも至高であると言えるが、彼女の胸の本質はそこじゃない。

特筆すべきはその暴力的な質量。

腹部で味わったボリューム感はFカップのそれを超えていた。

そもそもの絶対数が少ない、いわゆる巨乳と呼ばれる女子のなかでも、ほんの一握りしか到達し得ない奇跡の大きさ——

「長谷川《はせがわ》さんのバストは——Gカップだ！」


その後、準備室に戻った恵太《けいた》は澪《みお》と共に難しい顔を突き合わせて着席していた。

「Gカップって、そんなにすごいんですか？」

「そうだね。とある下着会社のアンケート調査によると、Gカップの女性は全体の約2％しかいなかったそうだよ」

「2％……」

「もちろんそれは成人女性も含めた数字だから、高校生の女の子に限定すればもっと数は少ないだろうね」

「本当に希少なんですね」

割合的は百人にひとりとか、そんなレベルだ。

雑誌などではよく見かける巨乳女子も、自分の周囲でなかなかお目にかかれないのはそういうカラクリで、そもそもの生息数がそんなに多くないのである。

「でも、たしかに大きかったですが、そこまで騒ぐほどじゃなかったような……」

「ああ、それは長谷川さんがサイズの小さいブラをしてたからだろうね」

「え？　そうなんですか？」

「間違いないよ。下着に関することで俺の目は誤魔化《ごまか》せないからね」

「浦島《うらしま》君、わたしのサイズも当ててましたからね」

彼女も恵太の測定能力は体験済みなので、思いのほかあっさりと納得していた。

「思うに長谷川さんは、わざとバストを押さえつけてるんだと思う」

「なんのためにそんなことを？」

「まあ、だいたい想像はつくけどね」

話がわき道に逸《そ》れてしまった。

少々強引に本来の軌道に修正する。

「とにかく、長谷川さんが逸材なのは間違いない。あの子が協力してくれたら素晴らしいランジェリーができる気がする」

「じゃあ、長谷川《はせがわ》さんをスカウトするんですか？」

「そうだね。放課後になったら、長谷川さんと話してみるよ」

そんなわけで、恵太《けいた》はさっそく雪菜《ゆきな》を呼び出すことにした。

いきなり教室に押しかけたら迷惑だろうと考え、選択したのはアナログな方法。

事前の調査でクラスは判明していたため、昼休みのうちに手紙を書き、シンプルに『大事な話があります』と綴《つづ》ったそれを彼女の下駄箱《げたばこ》に投函《とうかん》した。

そうして迎えた放課後、手紙で指定した中庭で待っていると、スカートを揺らしながら黒髪の後輩が姿を現した。

「あ、お昼の……」

彼女からすれば意外な人物だったのだろう。

目を見張った後輩に、恵太が親しげに声をかける。

「やあ、急に呼び出してごめんね」

「いえ……お昼はぶつかってすみませんでした」

「いや、アレは俺も不注意だったから」

「あの……もしかしなくても、コンビニで助けてくれた人ですよね？」

「二年の浦島《うらしま》恵太です。その節はお世話になりました」

「一年の長谷川雪菜です。お世話になったのはこっちですけどね。同じ学校だったんだ」

面識があったことで緊張が和らいだのか、警戒を解いた雪菜がふわりと笑う。

「それで、私に話があるそうですけど……」

「ああ、長谷川さんに聞いてほしいことがあるんだ」

ここには世間話をしにきたわけじゃない。

彼女の力を借りるための交渉にきたのだ。

熱い決意を胸に秘め、正面から彼女と向き合った恵太は、堂々とした態度で用件を切り出した。

「長谷川さんのメロンのような瑞々《みずみず》しいおっぱいに惚《ほ》れました！　その豊かなバストについて探求したいので、よかったら上着を脱いで胸の谷間を見せてください！」

「………………」

その瞬間、後輩女子が呆気《あっけ》に取られた顔をしていた。

この人は何を言っているんだ、とでも言いたげな表情だ。

「えーっと……」

次に後輩の顔に浮かんだのは不快感と警戒感。

いきなり胸の開示を求められたのだから、当然といえば当然の反応だった。

「ごめんなさい。他を当たってください」

態度を硬化させた雪菜《ゆきな》が立ち去ろうとするも、ここで諦める恵太《けいた》ではない。

「ちょっと待ってくれ！　できれば順を追って説明させてほしい！」

「まだなにか……？」

「実は俺、ランジェリーデザイナーをしてるんだよ」

「ランジェリーデザイナー？」

「これ、俺の名刺です」

こんなこともあろうかと、制服のポケットに忍ばせておいた名刺を渡す。

「……リュウグウ・ジュエル？」

「よく間違われるけど、リュウグウじゃなくてリュグって読むんだ」

「ふーん……」

受け取った名刺に目を通して、雪菜が視線を恵太に戻す。

「それで？　そのランジェリーデザイナーさんが私になんの用なんですか？」

「それなんだけど、ちょっと事情があって、下着作りに協力してくれる巨乳のモデルを探してさ。長谷川《はせがわ》さんに白羽の矢が立ったんだ」

このあと、恵太は彼女がいかに素晴らしい胸をお持ちなのかを熱く語った。

自分の中の語彙《ごい》を総動員し、あらゆる美辞麗句を駆使して彼女の乳房を褒《ほ》め称《たた》えた。

全ては理想の大きめブラをデザインするため。

全力でもって長谷川雪菜の懐柔をはかったのである。

「というわけで、是非とも下着のモデルを頼めないかな？」

「お断りします」

「即答!?」

彼女の返答は、雪よりも冷たい『ＮＯ』だった。

「なんで私が先輩に下着を見せないといけないんですか？　意味不明だし、寝言は寝てから言ってください」

こうして雪菜との交渉は失敗に終わり、冷めた表情で校舎に向かう後輩を、今度は呼び止めることができなかったのである。

◇

翌日の昼休み、準備室を訪れた恵太は澪《みお》と弁当をつつきながら反省会を開いていた。

「うん、まあ普通に断られたよね」

「当たり前ですよ」

「胸の開示を求めたら、めちゃくちゃ冷たい目で見られたし」

「それも当たり前です。わたしの時もそうでしたが、スカウトするにしても言い方があると思います。男子にいきなり脱いでほしいとか言われたらこわいんですよ」

「反省してます……」

元被害者の言葉が耳に痛い。今後、言葉のチョイスには気をつけよう。

「じゃあ、次はそのあたりを見直してリベンジしてみるよ」

「浦島《うらしま》君って、本当にめげないですよね」

「ふっ、諦めたらそこで下着作りは終了だからね」

「はいはい、そうですね」

こちらの発言を適当に流し、澪《みお》が綺麗《きれい》な動作で『食事』を口に運ぶ。

そんな同級生がテーブルに広げた弁当に恵太《けいた》は視線を落とした。

「さっきから気になってたんだけど……水野《みずの》さんのお弁当、ずいぶん個性的なラインナップだね」

というのも、彼女の弁当は半分が黒ゴマをまぶした白米で。

もう半分は、なんともやし一色で構成されていたのだ。

すると、お弁当について言及された澪が得意げな顔をする。

「何を隠そう、これは『もやし天国弁当』です」

「もやし天国弁当？」

「人類最強のコスパ弁当ですね。もやしはバター炒《いた》めにしたり、おひたしにしてスッキリ食べやすくしたり、レシピのバリエーションが豊富でまさに万能食材。なによりお安くて、給料日前で家計がピンチな時はもやしさんたちが大活躍なんです」

「ああ、よく見るともやしの色が微妙に違うね」

調理方法が異なるからだろう。

同じもやしでもそれぞれ味が違うらしい。

「ちなみに、調味料を辛口のものにすると『もやし地獄弁当』になります」

「なんだか強そうな名前だね。お弁当は自分で作ってるんだっけ」

「だいぶ前に母が家を出ていったので、食事の支度はわたしの担当なんです」

「……そっか」

話には聞いていたが、水野家もいろいろあるようだ。

それにしても、食事がもやしばかりというのは栄養面が心配になる。

「よかったら俺の肉団子、ひとつ食べる？」

「いいんですか？」

「うん、ふたつあるからね」

弁当のふたに肉団子をのせると、澪が「わーい♪」と嬉《うれ》しそうに口に入れた。

もぐもぐと行儀よく咀嚼《そしやく》してから感想を言う。

「下味がしっかりあっておいしいです」

「姫咲《ひさき》ちゃんが手間暇かけてくれてるから」

「妹さん、料理上手なんですね」

「ほんと、よくできた妹なんだよ」

「今度、お返しにわたしも何か作ってきますね」

「楽しみにしてるよ」

妹の肉団子のおかげで、水野《みずの》さんと少しだけ仲良くなった。

「それと、できれば長谷川《はせがわ》さんの勧誘も手伝ってほしいんだけど……」

「そっちは自力でなんとかしてください」

「ですよねー」

もともと下着のデザインは自分の仕事だし、バイトや家事で忙しい澪《みお》にこれ以上の負担はかけられない。

勧誘の件は自力でなんとかするしかなさそうだ。


その後も恵太《けいた》は雪菜《ゆきな》にリベンジを試みた。

澪の時のように昇降口で待ち伏せしたり、校内で見かけるたびにフレンドリーに話しかけてみたり、時には教室に特攻を仕掛けたりもした。

しかし結果は惨敗で、アプローチをかけるたびにキレのある毒舌で撃退された。

諦めの悪さに定評のある恵太もさすがにメンタルがボロボロだ。

「なんとか長谷川さんとお近づきになれないものか……」

たとえるなら彼女は人見知りの猫。

常に警戒心むき出しで、仲良くなるために距離を詰めようものなら詰めた距離の何倍も離れていってしまう感じだ。

「最近は警戒されてるのか、なかなか会えないんだよね……」

向こうもこちらの行動パターンを把握したようで、うまく避《さ》けられているフシがある。

こうなると話をするのもひと苦労だ。

最初の交渉から数日が経《た》った本日、そんな独り言を呟《つぶや》きながら恵太が何をしているかといえば、昼休みの学校をひとりで歩いているところだった。

なぜかその右手に、５キログラムのダンベルを携えながら。

「お使いを頼まれたのはいいけど、なんで学校にこんなものがあるんだろう……」

後輩を探してブラブラしていたら体育教師に捕まったのだが、年中ジャージで細マッチョな先生に「わるいが、体育倉庫に戻しておいてくれ」と渡されたのだ。

地味に重いし、さっさと済ませようと先を急ぐ。

下駄箱《げたばこ》で靴を履き替え、敷地内にあるグラウンドに足を運ぶと、端っこにポツンと建つ体育倉庫に向かった。

「……あれ？　戸が開いてる……不用心だな……」

倉庫の前に立つと、金属製の引き戸がわずかに開いていた。

前に入った人が閉めなかったのだろうか。不思議に思いながら中に入る。

「これ、どこに置けばいいんだろう……」

壁の高い位置に小さな窓があるものの、倉庫の中は薄暗い。

暗いうえにほこり臭いその空間で棚のあたりを物色していた時だった。

「──えっ、浦島《うらしま》先輩？」

「ん？」

横から声がしたのでそちらを見ると、そこには見覚えのある女子生徒の姿があった。

「あれ？　長谷川《はせがわ》さん？」

無造作に置かれた跳び箱の前。

硬そうなマットの上にぺたんと体育座りをして、お弁当を食べていたのは誰あろう、黒髪巨乳美女の長谷川雪菜《ゆきな》さんで──

箸を止めた後輩が、緊張をはらんだ瞳でこちらを見ていた。

「な、なんで浦島先輩がこんなところに……？」

「俺は先生のお使いだけど……長谷川さんこそ、なんでこんなところでお弁当を？」

当然の疑問を口にすると、後輩が急に顔を赤らめる。

「ち、違うから……っ！」

「え？」

「友達がいなくて教室にいづらいとか、男子に言い寄られるのも嫌だから誰もいないところでぼっち飯をしてたとか、そんなことはぜんぜんないんだからね!!」

「お、おお……」

ものすごい剣幕《けんまく》である。

可愛《かわい》い顔を真っ赤にして、早口でまくし立てる様子は腹を空《す》かせた猛獣のよう。

実際に空腹で荒《あら》ぶっているわけではないだろうが、これでは『友達がいなくて教室にいづらいからぼっち飯をしていた』と自白してるようなものだ。

「え、えーっと……」

「……あ」

ようやく彼女も自分のミスに気づいたのだろう。

ふたりの間に気まずい沈黙が流れるも、ずっと黙っているわけにもいかず、おそるおそる尋ねてみる。

「もしかして長谷川さん、友達いないの？」

「……っ」

核心を突く質問に雪菜《ゆきな》が明らかな動揺を見せる。

唇を引き結んでプルプルと肩を震わせる後輩は、なんというかもう、可哀想《かわいそう》になるくらい涙目で――

もはや答えを聞かずとも、その反応が全てを物語っていた。

◇

「というわけで、長谷川《はせがわ》さんには、お昼の間だけここを使ってもらうことにしたから」

「お、お世話になります……」

日をまたいだ平日の昼休み、恵太《けいた》は被服準備室で澪《みお》と絢花《あやか》に雪菜を紹介した。

後輩の秘密を知った恵太はさすがに彼女が不憫《ふびん》になり、澪たちに事情を説明して、お昼に気兼ねなく弁当を食べられる場所を提供することにしたのだ。

「わたしは二年の水野《みずの》澪です。よろしくね」

「私は北条《ほうじょう》絢花。恵太君の幼馴染《おさななじみ》で、こう見えて三年生よ」

「一年の長谷川雪菜です。よろしくお願いします」

既に着席していた澪たちと雪菜が挨拶を交わす。

美少女が三人も揃《そろ》ってなんとも華やかな光景だ。

「ふーん？　あなたが新しいモデル候補ね……」

「な、なにか……？」

絢花が値踏みするように雪菜を観察したかと思うと、最終的に親指をグッと立てた。

「文句なしの合格よ。私のハーレムのためにも美少女を増やすのは大歓迎だわ」

「別に絢花ちゃんのために勧誘するわけじゃないからね？」

話がややこしくなるので、金髪の幼馴染はスルーして恵太が雪菜に言う。

「昼休みなら俺も含めて誰かしらいると思うけど、もしいなくても勝手に使ってくれていいから」

「わかりました。……あの、ありがとうございます」

「いいよ。俺たちも先生の厚意で使わせてもらってるだけだしね」

「そうですか」

微笑《ほほえ》んだ雪菜だったが、思い直したように険しい表情に戻る。

「あ、でも言っておきますが、下着作りに協力するわけじゃないですから」

「今はそれでいいよ」

それでも以前に比べたら大きな進歩だし、モデルの件はこれから説得していけばいい。

「じゃあ、長谷川さんの席は絢花ちゃんの隣でいいかな」

「はい、大丈夫です」

後輩を座らせて恵太《けいた》が席に着くと、向かいの絢花《あやか》が楽しそうに言う。

「なんだか急に大所帯になったわね」

「人数も増えたし、部活をつくってもいいかもしれないね」

「つくるにしても、下着部とか変なのはなしですからね。浦島《うらしま》君ならやりそう」

「それは申請が通らないと思いますけど……」

四人でお喋《しやべ》りしながらそれぞれ持参した弁当箱を開ける。

先日はもやし弁当を食べていた澪《みお》も、今日は普通のお弁当だった。

「けどさ、長谷川《はせがわ》さんはどうして友達ができなかったの？」

「ええ……浦島先輩、それ聞いちゃいます？」

「入学したての後輩が体育倉庫でぼっち飯してたら、そりゃ気になるでしょ」

「聞いてもつまらないと思いますけど……」

なんだかんだ言いながらも雪菜《ゆきな》は話し始める。

「浦島先輩は知らないかもしれませんが、女子っていろいろ面倒《めんどう》なんですよ」

「面倒？」

「実は私、入学してから何度も男子に告白されてて……」

「アイドル扱いされてるのは知ってたけど、本当にモテるんだね」

「ぜんぶ断ってるんですけどね。浦島先輩の呼び出しも最初は告白だと思ってたし。ただ、クラスの女の子たちは私が男子にチヤホヤされるのが面白くないみたいで……」

「なるほど、調子に乗ってると思われたのね」

「あー、わかります。女子ってそういうとこありますよね」

後輩の話を受け、絢花と澪が神妙な面持ちで頷《うなず》いていた。

男の恵太にはわからない世界だが、それはたしかに面倒そうだ。

「それで倉庫でぼっち飯してたんだ」

「ぼっち飯って言わないで。私も、友達をつくろうとはしたんですよ。ただ、寄ってくるのが男子ばかりなので……男の子はあんまり好きじゃないんです……」

「でも長谷川さん、前に男子と楽しそうに話してなかったっけ」

「普段は猫をかぶってるんです。ぶっちゃけ心の中では舌打ちばかりしてますよ」

「正直な子だ」

ここまで正直だといっそ清々《すがすが》しい。

「でも、男子に酷《ひど》い態度を取ったら、これまで以上に居場所がなくなりそうなので……」

「それは想像に難《かた》くないですね」

「他の女子から見たら、調子に乗ってるどころの騒ぎじゃないものね」

あちらを立てればこちらが立たない。人間関係は本当に面倒で難しい。

「ほんと、友達ってどうしたらできるんだろ……」

「なかなかヘビーな悩みだね」

「そういう浦島《うらしま》先輩は友達いるんですか？」

「いるよ。瀬戸《せと》秋彦《あきひこ》っていうイケメン」

「ああ、あの人。クラスの子たちが格好いいって騒いでました」

さすがは女子の人気者。彼の名前は一年生にも知れ渡っているようだ。

「ちなみに、こちらにおわす水野《みずの》さんは、クラスにふたりも友達がいるんだ」

「友達がふたりも!? す、すごい……」

「別にすごくはないと思いますけど……」

後輩に羨望の眼差《まなざ》しを向けられ澪《みお》が困っていた。

「水野先輩は、どうやってその人たちと仲良くなったんですか？」

「そうですね……一年の時から同じクラスだったんですけど、たまたま全員『イケ好き』の漫画が好きだったんです。それで話しているうちに仲良くなりました」

「あ、イケ好きなら私も読んでるわ」

「私も読んでます。すごい人気ですよね」

漫画のタイトルに絢花《あやか》と雪菜《ゆきな》が食いついた。

イケ好きこと『イケメンなら変態でも好きになってくれますか？』は若い女の子たちに

人気の少女漫画で、出てくる男性キャラが全員なにかしらの特殊性癖の持ち主という壮絶な設定ながら、読者からは「むしろ少しくらい変態なほうがイイ♡」と大ブレイク。発行巻数も十巻を超え、かなりの知名度を誇る人気作である。

「やっぱり共通の趣味があると友達もつくりやすいわよね」

「そうですね。話題にも困りませんから」

「な、なるほど……勉強になります」

テーブルを囲んでわいわい騒ぐ女性陣。

そんな女の子たちの様子を、箸を止めた恵太《けいた》が温かい目で見守っていた。

(俺からすれば、この三人もとっくに友達に見えるけどね)

雪菜はキレのある毒舌の持ち主なのでどうなることかと思ったが、このぶんなら正式にメンバーに加わっても仲良くやれるはずだ。

そんな感じで賑《にぎ》やかなランチは進み、それぞれのプロフィールを話したりなんかして。

気づけば全員、お弁当を食べ終えて雑談に移行していた。

そんななか、恵太の隣に座る澪が思い出したように話題を提供する。

「そういえば昨日、急にアパートの給湯器が壊れて大変だったんですよね」

「あら、それは本当に大変ね」

「それじゃあ水野さん、お風呂はどうしたの？」

「なんとか水のシャワーで乗り切りました」

「ええ……風邪引いちゃいますよ？」

ワイルドすぎる澪《みお》の返答に雪菜《ゆきな》が戦慄《せんりつ》する。

「大家さんには電話したんですけど、業者の人が修理にこれるのは明日になるらしくて。今日は銭湯にでもいこうかと」

「あ、それならいいものがあるわよ」

そう言うやいなや、絢花《あやか》が持ち込んでいた鞄《かばん》から何やらチケットを取り出した。

「じゃじゃーん！　スーパー銭湯の優待券よ！」

「「優待券？」」

「最近できたオシャレな銭湯なのだけど、これがあれば、なんと四人まで通常料金の半額で入浴できるわ」

「それはお得だね」

学生にとって銭湯代の半額はかなり大きい。

「仕事の知り合いからもらったものなんだけどね。ひとりだといきにくいし、せっかくだからみんなでいきましょう」

「ありがとうございます。節約できて助かります」

節約できて助かった澪が嬉《うれ》しそうに感謝を告げる。

対して雪菜はあまり気が乗らないようで、目を伏せながら暗い顔をしていた。

「銭湯ですか……」

「強制はしないけど、私としては雪菜さんにも参加してほしいわ」

「……まあ、特に用事もないのでいいですけど」

絢花の本性を知らない後輩が了承する。

百合《ゆり》属性を持つ金髪女子との入浴なんて自殺行為だし、本来なら止めるところなのだが、今回は事情を知ってる澪もいるので大丈夫だろう。

「それじゃあ、連絡先を交換しましょうか」

絢花の提案で、女子メンバーがスマホを手に連絡先を交換していく。

それが済むと、席を立った雪菜が恵太《けいた》のところにやってきた。

「その……よかったら浦島《うらしま》先輩も……」

「俺もいいの？」

「そのかわり、変なメールとか寄越《よこ》さないでくださいね？」

「もちろん」

ランチに続いて大きな進歩だ。これで後輩を探して校内を徘徊《はいかい》せずに済む。

雪菜が全員と連絡先を交換したところで発案者の絢花がまとめに入った。

「放課後はいったん家に帰って、各自着替えを持ってから集合ね」

◆

その日の夕刻、訪れた銭湯の浴場で澪《みお》と絢花《あやか》、雪菜《ゆきな》の三人が湯船に浸《つ》かっていた。

「浦島《うらしま》君、一緒にこられなくて残念ですね」

「仕事の直しが入ったみたいだから仕方ないわ」

「浦島先輩って、本当にデザイナーなんですね」

一時間前、帰宅した澪がお風呂の準備をしていると恵太《けいた》からメールが届いたのだ。

自分のことは気にせず楽しんでほしいと添えられていたので、私服に着替えた澪は予定通り絢花たちと合流し、こうして銭湯に足を運んだ次第である。

「それにしても、澪さんは本当に肌が綺麗《きれい》ね」

「そうですか？」

「これが若さの差なのかしらね」

「わたしとひとつしか変わらないし、見た目でいえば先輩のほうが若く見えますけどね」

ちなみに、絢花の肌も澪に負けず劣らずのきめ細やかさだ。

モデルを務めているだけあって小顔だし、体のラインも本当に綺麗で、金色の髪と青い瞳の効果も相まって銭湯でも周囲の注目を集めていた。

「あ、もちろん雪菜さんも綺麗よ？」

「ど、どうも……」

「色白で、ほどよくプニプニしてて、食べちゃいたいくらい可愛《かわい》いわ」

「え……」

「長谷川《はせがわ》さんも気をつけてくださいね。北条《ほうじょう》先輩は女の子も守備範囲の人なので」

「そうなの⁉」

衝撃の事実に雪菜が驚き、さりげなく絢花から距離を取った。

「警戒しなくても大丈夫よ。こんな人目のある場所で手を出したりしないから」

「人目がなかったら手を出すんだ……」

絢花の発言にビクビクした後輩が澪の陰に隠れてしまう。

「あら、脅かしすぎちゃったかしら」

「北条先輩、あんまり後輩をからかったらダメですよ」

「はぁい」

澪に怒られて素直に反省した絢花だったが、

「ふむ……澪さんと雪菜さんのツーショットも、これはこれで悪くないというか……むしろ恥ずかしがる後輩にいけない妄想をかき立てられて興奮するわね……ハァハァ……」

「北条先輩、言ってるそばから鼻息が荒《あら》くなってますよ」

もはや完全に危険人物。

公共の場でハァハァしないでほしい。

「あっ、待って？　尊すぎて鼻血が出そう……とても残念だけど、このままだと理性がもたないから先に上がるわね」

さすがに美少女ふたりの裸は刺激が強かったらしく、湯船を出た絢花《あやか》が鼻を押さえながら去っていった。

そんな上級生を細めた目で見送って雪菜《ゆきな》が呟《つぶや》く。

「北条《ほうじょう》先輩は変態だったんですね……」

「まあ、そうですね」

変態度でいえば恵太《けいた》以上の逸材だと思う。

（それにしても……）

後輩とふたりきりになった澪《みお》は、さりげなく雪菜の胸元を盗み見た。

（改めて見ても、本当にすごいですね……）

谷間の深さが自分のものとは比較にならない。

形も綺麗《きれい》だし、華奢《きやしゃ》な絢花とは別の意味で女の子らしい素晴らしいバストだ。

「水野《みずの》先輩って、浦島《うらしま》先輩の仕事に協力してるんですよね？」

「そうですね。わたしが参加したのは最近ですけど」

「男子に下着を見せるの、嫌じゃないんですか？」

「もちろん嫌ですよ。肌を見せるのは普通に恥ずかしいですし」

「じゃあ、どうして協力を？」

「うーん……いろいろ理由はありますが……わたしは、浦島君に救われたので」

恵太は澪のために可愛《かわい》い下着を作ってくれた。

恥ずかしくて誰にも相談できなかった、ブラのサイズに関する悩みも解決してくれた。

本人はそれがランジェリーデザイナーの仕事だと言うけれど、実際に救われたのは事実で、彼の気遣いと優しさが本当に嬉《うれ》しかったのだ。

「変態だけど悪い人ではないんですよ。仕事に関しては真摯《しんし》だし、そういう意味では信頼してます。わたしは浦島君の作る下着が好きですし、少しでも力になれたらと思って協力することにしたんです」

「そうなんだ……」

「でも、それはあくまでわたしの意見なので。長谷川《はせがわ》さんが嫌なら断るべきだと思います。女の子に下着姿を見せろとか、おかしなことを言ってるのは浦島君のほうですからね」

「……そうですね」

澪の話を聞いて雪菜が少し笑う。

「浦島先輩に協力するかどうかは、もう少し考えてみます」

イエスでもノーでもない曖昧な返答。

それでも、検討する気になったのは収穫だ。

彼女が引き受けてくれるかどうかはわからないが、あとは彼の頑張り次第だろう。

◇

翌朝、夜勤明けの恵太《けいた》が登校すると既に澪《みお》も教室入りしていた。

まだ人はまばらで、真凜《まりん》や泉《いずみ》もきていないらしく、自分の席で手持ち無沙汰にスマホをいじっていた彼女に声をかける。

「おはよう、水野《みずの》さん」

「ああ、浦島《うらしま》君。おはようございます。仕事のほうは大丈夫でした?」

「問題なく片付いたよ。水野さんは銭湯どうだった?」

「楽しかったですよ。お風呂も広くてびっくりしました。北条《ほうじょう》先輩は、興奮しすぎて鼻血を出しかけてましたが」

「目に浮かぶなぁ……」

レベルの高い美少女がふたりもいたのだ。さぞかし目の保養になっただろう。

「長谷川《はせがわ》さんの様子はどうだった?」

「特に問題ありませんでしたよ。お風呂でお喋《しゃべ》りして、すっかり仲良くなりました」

「そっか」

無事に親睦を深められたようで安心する。

「あ、でも……」

「ん？　やっぱりなにかあった？」

「そういうわけじゃないんですけど……長谷川さん、下着をつける時、ブラから先にしてたんですよね。ちょっとめずらしいなと思って」

「なるほどね……」

その話は、恵太が想定していた疑惑を裏付けるものだった。

「予想はしてたけど、そうなると今回の勧誘は厳しいかもね」

「え？　どうしてですか？」

「昔、とある下着会社が女性を対象に『パンツとブラ、どちらを先につけるか？』ってアンケート調査をしたことがあるんだけどね」

「そんなアンケートが……」

「結果はパンツから穿《は》くが75％で圧倒的多数。15％がそもそも意識してなくて、ブラから着ける人は全体の一割しかいなかったらしいよ」

「わたしもパンツから穿くタイプですね」

「それで、アンケートではその理由も調べてたんだけど、ブラから着ける人のなかに『自分の胸が恥ずかしいから』というのがあったんだ」

「恥ずかしい……？」

その意味に気づいたのだろう。澪《みお》が微《かす》かに表情を曇らせる。

「じゃあ、長谷川《はせがわ》さんが小さいブラをしてる理由って……」

Gカップについて説明した時、あえて澪には話さなかった真実。

どうして雪菜《ゆきな》がサイズの合わないブラをしているのか、その謎の正体がそれだ。

ブラが体に合っていないのは本人がいちばんよくわかっているだろうし、澪のように金銭的な事情でもないなら、残る理由はそう多くはない。

「たぶん長谷川さんは、自分の胸にコンプレックスがあるんだろうね」


放課後、教室を出た恵太《けいた》が雪菜を見かけたのは二階の渡り廊下の前だった。

「あれ、長谷川さん？　……と、なにやら大勢の男子たち？」

後輩女子の周囲には見知らぬ四人の男子生徒がいて、一年生と思《おぼ》しき彼らは蜜に群がるアリのように雪菜を取り囲み、何やら白熱した様子で彼女に話しかけていた。

「雪菜ちゃん、今度サッカー部の試合があるから応援しにきてくれないかな？」

「それよりオレらのバンドのライブにきてくれよ！」

「いやいや、雪菜ちゃんは俺たちと合コンするんだよ！」

「むしろ、ここはボクと映画館デート一択でしょうが！」

話の内容から察するに、これは長谷川雪菜をめぐる恋の争いなのだろう。

四人の男子は誰もが彼女の気を引こうと必死だった。

「話には聞いてたけど、長谷川さんは本当にモテるんだね。こんな少女漫画みたいなモテ方は初めて見たけども……」

現実世界では、なかなかお目にかかれない光景だ。

「お取り込み中みたいだし、今は話しかけないほうがいいかな」

人の恋路を邪魔する趣味はない。そう思って通り過ぎようとしたのだが——

「…………」

意に反してその場に留《とど》まったのは、男子に囲まれた後輩の顔を見てしまったからだ。

初めて目にした、彼女の困ったような笑顔。

波風を立てまいと、言いたいことを我慢しているような……

雪菜は以前、男子の前では猫をかぶっていると言っていて。

その本心を知っているから、今の彼女の笑みが無理をしている笑顔だとわかって——

「……仕方ないな」

そんな顔を見せられたら、放っておけるわけがなかった。

「あー……ごめん、キミたち。ちょっといいかな？」

「え？　浦島《うらしま》先輩……？」

雪菜《ゆきな》を庇《かば》うように恵太《けいた》が間に割って入ると、彼女が驚いたように目を見張る。

そして予想通り、恋路の邪魔をされた男子たちが一斉《いっせい》に殺気立った。

見た目は普通の生徒な彼らが「なんだアンタは？」「関係ない奴《やつ》は引っ込んでろ」「長谷《はせ》川《がわ》さんのおっぱいは俺らのもんだぞ」などなど、口々に敵対表明を述べる。

長谷川さんのおっぱいは長谷川さんのものだと思うが、それは置いておくとして。

「わるいけど、長谷川さんは俺と先約があるから遠慮してもらえないかな」

なるべく穏便に済ませようと言葉を選んで彼らに告げる。

けれども、熱くなった猛獣に説得は通用しないようで――

「アンタ、雪菜ちゃんのなんなんだ？」

「返答によっちゃ生かしちゃおけないぜ？」

「お前が邪魔しなきゃ、雪菜ちゃんと合コンできたのによぉ」

「責任取って、あんたがデートの約束を取り付けてくれるんだよなぁ？」

場を収めるどころか野郎共の興奮が更にヒートアップ。

正直、手がつけられない状態になってしまった。

（というか今年の新入生、ガラ悪すぎない？）

見た目は普通の生徒なのに言動がチンピラすぎる。

多勢に無勢だし、いっそ彼女を連れて逃げるのもありかもしれない。

そんなことを考えていると、横にやってきた雪菜が突然、恵太の腕に抱きついた。

「へっ？　ちょっと長谷川さん!?」

驚く間もなく、その体勢のまま雪菜が彼らに向かって言い放つ。

「この人、私の彼氏なので」

「「「「え……？」」」」

その瞬間、恵太を含め、その場にいた男子全員の時が止まった。

「だから今後、私に言い寄るのはやめてください」

学年のアイドル、長谷川雪菜による突然の電撃発表。

その告白に男子たちが「ええええええっ!?」と絶望の雄叫《おたけ》びを上げるなか、当の彼氏君がいちばん驚いていた事実には、誰ひとり気づかなかったのである。

◇

長谷川雪菜による彼氏宣言のあと、浦島恵太の日常は一変した。

朝、自分の下駄箱《げたばこ》を開けると呪いの手紙が封入されていたり、トイレでガラの悪い男子に待ち伏せされていたり、あの手この手で雪菜《ゆきな》との交際破棄を迫られた。

そんな生活を続けて数日が経《た》ったとある平日の昼休み。

恵太《けいた》は準備室に呼び出した後輩女子とテーブルを挟んで対面していた。

「長谷川《はせがわ》さんのせいで酷《ひど》い目にあったんだけど……」

「やだなー恵太先輩、私のことは下の名前で呼んでくださいよ。付き合いたてのラブラブカップルなんだから♡」

「いやいや、付き合ってないでしょ」

「でも、みんなは付き合ってると思ってますよ？」

「主に長谷川さんのせいでね」

思わず深いため息がもれる。

「本当に大変だったんだよ……あれから噂《うわさ》を聞きつけた野郎共がくるわくるわ。寄ってたかって質問攻めにされるし、今だって命からがら逃げてきたところなんだから」

「それは災難でしたね」

「ほんと、なんで俺がこんな目に……」

「でも、私も困ってたんですよ。入学して以来、どこにいくにも男子に付きまとわれるし、そのせいで女子には嫌われるし……告白されても付き合う気なんてないのに……」

「それで俺を男除《よ》けにしたわけ？」

「ごめんなさい♪」

「こんなに心に響かない謝罪は初めてだ……」

　素直な所感を述べると、小憎らしいスマイルを消して雪菜が言う。

「申し訳ないとは思ってます。面倒事《めんどうごと》に先輩を巻き込んでしまって……」

「長谷川さん……」

「でも、おかげで男子に付きまとわれなくなったので別れたくありません」

「おい……」

　この子は本当に反省しているのだろうか？

　真面目な顔で言えば許されるわけじゃないし、こちらをスケープゴートにしておいて、自分だけ野郎共から解放されようなんてまるで納得がいかない。

「正直、長谷川さんのモテっぷりを侮《あなど》ってたよ。さすがは学年のアイドルだね」

「ふん。どうせみんな、私の胸が目当てなんですよ」

「そんなことはないと思うけどね。胸だけじゃなくて、長谷川さんが可愛《かわい》いから好かれるんじゃないかな」

「……ふーん？　恵太先輩、私のこと可愛いって思ってるんだ……？」

　なぜか頬《ほお》を赤らめて、胸の前で腕を組んだ彼女が得意げに口を開く。

「ま、まあ？　昔は子役もやってたし、可愛《かわい》いのは当然なんですけどね」

「えっ、子役？」

「あ……」

どうやら失言だったらしい。

雪菜《ゆきな》が露骨に「しまった……」という顔をする。

「今のなしでお願いします」

「いや、それは無理でしょ。ばっちりしっかり聞いちゃったし」

「ですよね……」

視線で「説明を求む」とアイコンタクトを送ると、諦めたように彼女は話し始めた。

「実は私、中学に入るまで子役をしてたんです」

「そうなの？」

「本名でやってたので調べれば出てきますよ。これでもけっこう人気があったので」

「………本当だ」

長谷川《はせがわ》雪菜で検索すると、幼少時代の写真がたくさん出てきた。

自己申告の通り人気があったようで、至るところに彼女のことを綴《つづ》ったスレが立ち、インタビューの記事をまとめたサイトまであった。

（水野《みずの》さんも見覚えがあるって言ってたもんな……）

テレビに出ていたのだから見覚えがあったのも納得だ。

「あ、このドラマは俺も観《み》てたよ」

「主人公の娘役で少しだけ出てましたね」

ドラマに出演している雪菜は十歳くらいだろうか。

当時の彼女は髪が長く、今とだいぶ印象が違うので気づかなかった。

「けど、どうして子役を辞めたの？」

「演技の仕事は好きだったんですけどね。役にも恵まれてましたし」

「話を聞く限《かぎ》り、順風満帆《じゅんぷうまんぱん》みたいだけど」

「そうですね……馬鹿だと思うかもしれないけど、私は自分の胸がコンプレックスになって引退したんです」

幼い頃の彼女の話は、そんな告白から始まった。

「私、周りの子たちより体の成長が早くて、小学校の高学年になるとクラスの男子にからかわれるようになったんです」

周囲よりも発育がよかったこと。それが最初のキッカケで。

「それだけならよかったんだけど、そのうち学校だけじゃなくて、ネットでも胸のことばかり書かれるようになって……」

周囲の目が変わったことで、彼女自身の意識も変わっていった。

「ドラマに出ても、私の演技じゃなくて、体のことばかり言及されるようになって……私はそれが、本当に嫌だったんです……」

「そっか……それで……」

小学校高学年といえば多感な年頃だ。

体の変化に人一倍敏感になる時期に、望まない形で周囲から注目され、それが彼女のコンプレックスの引き金になったのだろう。

「胸が大きくても本当にいいことなんてない……重いし、太って見えるし、着れる服も限《かぎ》られてくるし……体目当ての男子が次から次へと集まってくるし……」

「お、おお……」

よほど鬱屈《うっくつ》としたものがあったのだろう。

負の感情をそのまま形にしたような言葉が続々と世に放たれていく。

「前に、コンビニで私と揉《も》めてた人がいたでしょ?」

「ああ、あのインパクトのある人……」

「あの人、柳《やなぎ》さんっていうんだけど、私の元マネージャーなんですよ。辞めたあとも復帰してほしいって連絡してくるんです」

「そうだったんだ……」

あの時、あの人が必死だった理由がようやくわかった。

マネージャーが復帰を望むほどの才能が彼女にはあるのだ。

「事情はわかったけど、サイズの小さいブラをするのはやめたほうがいいよ？　せっかくの綺麗《きれい》な形が崩れちゃうから」

「余計なお世話です。……というか、どうして小さいブラをしてるって知ってるの？」

「見ればだいたいわかる」

「へ、変態……」

両手で胸を隠した後輩が、今までいちばん冷たい目をする。

「せっかく協力してもいいと思ってたのに、考えを改めたくなりますね……」

「えっ？　長谷川《はせがわ》さん、下着作りに協力してくれるの？」

「まあ……」

「じゃあ、さっそくだけど採寸させてもらおうかな！」

「ちょっ、気が早すぎます！　どこから出したの、そのメジャー!?」

席を立った恵太《けいた》がメジャーを手に採寸を迫るも、両手で押し返されてしまった。

「協力するといっても、条件がありますから」

「条件？」

「女の子に下着姿を見せろって言ってるんですよ？　それなりの見返りがないと割に合わないじゃないですか」

「まったくもってその通りだね」

こちらの要求は下着のモデルをしてもらうこと。

かなり非常識なお願いだし、年頃の乙女が見返りもなしに引き受ける理由はない。

「それで、長谷川《はせがわ》さんの条件って？」

「こちらの要求はふたつです。まずひとつは、ほとぼりが冷めるまで私の彼氏のフリを続けること」

「ふむ……」

要は、今後も便利な男除《よ》けがほしいのだろう。

彼女の事情を考えれば納得の提案だ。

「もうひとつの条件は？」

恵太《けいた》が尋ねると、目を伏せた雪菜《ゆきな》が息を吐《つ》き、硬い表情で右手を自身の胸に当てた。

モデルを引き受けるかわりの対価、今後の命運を左右する重要な条件を、鳶色《とびいろ》の目をした彼女が告げる。

「私に、胸が目立たなくなる下着を作ってください」

第五章 ご注文はブラジャーですか？

Lingerie girl wo okini mesu mama

朝、制服に着替えるために寝間着を脱ぐと、いつもため息がもれる。

鏡の前に立った自分の、身長に見合わない大きな胸が嫌で陰鬱な気分になる。

自分の胸が気になり始めたのは小学校高学年になった頃だった。

保健の授業で性に関する知識はあったし、まわりにもブラを着け始めた子はいたので、初めのうちはそこまで意識はしなかったけれど……。

でも、それから短期間でどんどん大きくなって。

母親に買ってもらった下着もすぐに小さくなって。

六年生になる頃には学校の誰よりも大きくなっていた。

男子にからかわれるので体育の授業が嫌になり、学校での口数も少なくなった。

異性に好奇の目で見られるうちに、どこにいても視線が気になるようになった。

なかでもいちばん傷ついたのは、ネットで胸について書かれたことだ。

CMやドラマへの出演が増えると、演技や仕事のことよりも、小学生にしては大きな胸のことに言及する書き込みが散見されるようになった。

ネットを見なければいいと周囲の大人は言ったけれど、当事者の自分にしてみれば、そういう書き込みがあるという事実がもうダメで。

みんなと違う自分の体が恥ずかしくなって。

次第に心が耐えられなくなって。

だから雪菜《ゆきな》は中学への進学を機に、大好きだった演技の仕事を辞めたのだ。

◆

五月も中旬を迎えたその日、鞄《かばん》を手にした澪《みお》が特別教室棟に向かっていると、渡り廊下の前で絢花《あやか》と鉢合わせになった。

「あら澪さん、こんにちは」

「こんにちは、北条《ほうじょう》先輩」

「澪さんも準備室？」

「はい、試作品のアンケートを提出するだけですけど」

澪と同じく、学生鞄を手にした上級生と並んで移動を再開する。

渡り廊下を歩きながら、澪はとある話題を切り出した。

「そういえば、先輩は『偽彼氏』のこと聞きました？」

「ええ。雪菜さんも考えたわよね、恵太《けいた》君を偽の恋人に仕立てて男除《よ》けにするなんて」

「逆に、今度は浦島《うらしま》君が男子にモテモテになったたって愚痴ってましたよ」

「巨乳のモデルをゲットするためとはいえ、恵太君も大変ね」

そんな話をしているうちに被服準備室に到着。

代表して澪がドアを開けると、既に恵太が席に着いていて、タブレット端末とペンを手にテーブルに向かっていた。

なぜか頭に、純白のパンツをかぶった状態で。

「…………」

無言でその光景を見つめた澪は、悪夢から目を逸《そ》らすようにそっとドアを閉め直した。

「澪さん？　どうしたの？」

「なんか、頭にパンツをかぶった変態がいました」

「ああ……」

状況を伝えたところ、絢花が全てを悟った顔をする。

「恵太君、たびたびあるのよ。パンツをかぶることが」

「たびたびあるんだ……」

「仕事がうまくいかない時とかね。かなり追い詰められた時限定だけど……まあ、そこそこの頻度で」

「そこそこの頻度で変態になられても困るんですけど……」

とはいえ、ここでこうしていても話が進まない。

再びドアを開けた澪《みお》は、絢花《あやか》と共に変態の住まう部屋に足を踏み入れた。

「恵太《けいた》君、おつかれさま」

「おつかれさまです」

「やあ、ふたりともおつかれさま」

モデルの出勤を受け、パンツをかぶった恵太がタブレットから顔を上げる。

教室にいる時は気づかなかったが、彼の顔からは疲労の色が見て取れて……

「なんだか疲れてるみたいですけど、大丈夫ですか？」

「まあね……ちょっと今、ブラのデザインで悩んでて……」

「あ、その前に頭のパンツを取ってもらってもいいですか？　気になって話が入ってこないので」

「おっと、これはお見苦しいところを……」

変態が素直にパンツをパージする。

シンプルながら可愛《かわい》いデザインのそれをどうするのかと思ったら、まるでハンカチを扱うようにブレザーのポケットに仕舞《しま》い込んだ。

「今、雪菜《ゆきな》ちゃん用に胸を目立たなくするブラを描いてるんだけど、これがなかなかうまくいかないいんだ」

「というか浦島君《うらしま》、長谷川《はせがわ》さんを雪菜ちゃんって呼んでるんですね」

「仮にも彼氏役だからね。先方の指示で下の名前で呼ぶことになったんだ」

「雪菜さんはクオリティにこだわるタイプなのね」

クオリティにこだわる偽彼女の指示で、お互い名前で呼び合うことになったらしい。

「それで問題のブラなんだけど、簡単に言うと可愛いデザインにならないんだ」

恵太がタブレット端末を見せてくる。

そこには女性の上半身と、グレーのブラジャーが描かれていたのだが……

「これはなんというか……」

「かなり野暮《やぼ》ったいわね……」

描きかけの下着はフルカップのブラだった。

その名の通りカップの部分がバスト全体を覆うようなデザインで、布地が多いため絢花が言うように野暮ったく、あまり可愛いとは思えない。

「もっと布地を少なくすればいいのでは？」

「普通のサイズのブラならそうするんだけどね。雪菜ちゃんの胸はボリュームが桁違いだから勝手が違うんだよ」

「サイズが大きいと、なにか変わるんですか？」

「たとえばだけど、胸の大きな女性の悩みとして有名なのは肩こりだよね」

「まあ、よく聞きますよね」

巨乳の話題になると、必ずといっていいほど登場する話題だ。

「水野《みずの》さんは、自分の胸がどれくらいの重さか知ってる？」

「いえ、そういえば知らないですね」

「Dカップだと片胸だけでだいたい380グラム。大ぶりのグレープフルーツ一個分くらいの重さだね」

「そこそこ重いんですね」

「ちなみに、Gカップになると片胸で約1キログラム。小玉のメロンより重いんだ」

「そんなに……」

「巨乳の女の子は、常に2キログラムのダンベルを抱えているようなものだね」

「胸が大きいのも大変なんですね」

Dカップでもそこそこ重いのに、その倍以上の重量など想像もできない。

胸が大きくてもいいことばかりとは限《かぎ》らないのだ。

「で、なにが言いたいかといえば、それだけ大きな胸を支えるとなると、ブラのデザインの幅も限られてくるって話なんだ」

「ようやくブラの話に着地しましたね」

「基本的に、ランジェリーは布地が少ないほうが可愛《かわい》いんだよね」

「そうですね。可愛いパンツなんかも小さいイメージがあります」

「けど、メロンレベルの胸を包むとなると少ない布面積だと心許《こころもと》ないよね」

「下手をするとこぼれちゃいますからね」

「だから、どうしても標準サイズのブラに比べると布が多くなりがちで、それが大きめのブラに可愛いのが少ないと言われる要因なんだよ」

「なるほど……」

毎度のことながら、下着に関する話がわかりやすくて感心する。

「浦島《うらしま》君が苦手だって言ってた理由がわかった気がします」

「要するに、普通のサイズのブラよりデザインするうえでの制約が多いのね」

可愛いデザインで。

大きな胸を支えられる強度で。

しかも今回は「大きな胸を小さく見せよ」という無理難題な条件まで付いている。

優れたデザイナーである恵太《けいた》が悩むわけだ。

「そうなると、ある程度デザインが劣るのは仕方ないのでは？」

「いいや、それはダメだ。ランジェリーデザイナーの威信にかけて、いかなる理由があろうと可愛くない下着を世に出すわけにはいかないよ」

「浦島君……」

その情熱自体はとても素晴らしいのだけど……

「でも、実際うまくいってないんですよね？」

「そうなんだよねぇ……」

澪《みお》の前で、恵太《けいた》が潰れたスライムのようにテーブルに突っ伏した。

「……ただでさえ大きめのブラは難しいのに、今まで『胸を目立たなくする』なんてコンセプトでデザインしたことがないから、解決の糸口すら掴《つか》めないんだよね……」

「胸を小さく見せるって、やっぱり難しいんですか？」

「やってできないことはないけどね。実際、雪菜《ゆきな》ちゃんがやってるわけだし」

「ああ、小さいサイズのブラを着けてるんですよね」

「俺としては、サイズの合わない下着を使うのは絶対におすすめしないけどね。日常的に胸を押し潰すようなことをしてると、取り返しのつかないことになるから」

「取り返しのつかないこと？」

「せっかくの綺麗《きれい》な胸が型崩れを起こして、本来の形が歪《ゆが》んだりするんだよ。体に合わないブラを着けるのはそれくらいリスクのあることなんだ」

「そんなリスクが……」

思わず自分の胸にふれる。

サイズの違う下着にそんな危険があるとは驚きだ。

「だから、サラシや矯正下着みたいに無理やり潰すような方法は取らないで、できるだけ負担をかけないように胸を小さく見せる必要があるんだけど……」

「魔法でも使わない限《かぎ》り厳しそうですね」

「小さい胸を大きく見せるのは簡単なんだけどね」

「寄せて上げるっていうアレですか？」

「そうそう。アレなら負担も少ないし、他にもブラの内側にパッドを詰めたり、工夫次第でけっこう盛れるから」

ないものをあるように見せるのは案外簡単らしい。

逆に、実在するものをないように見せるのは難しいのだ。

「まだ草案もできてないし……早く胸が目立たなくなるブラを完成させて、雪菜ちゃんに納得してもらわないと……」

「その前に、浦島《うらしま》君は少し休んだほうがいいと思います」

「そうね。パンツをかぶるくらい疲れてるみたいだし」

「え？　でも……」

澪と絢花《あやか》、ふたりの意見に恵太が難色を示す。

しかし、疲労を抱えながらの作業が非効率なのは純然たる事実。

頭にパンツをかぶっていた時点で限界なのは明らかだし、彼に休息が必要なのは文字通り一目瞭然で——

「はいはい、今日はもうお仕事はいいですから」

「恵太《けいた》君は早く帰って休みなさい」

女子ふたりで結託し、彼から仕事道具《タブレット》を取り上げた澪《みお》たちは、帰って休息を取るよう厳しく言い含めたのである。

◇

「追い出されてしまった……」

被服準備室を出たあと、恵太は部屋の前で途方に暮れていた。

たとえるなら、急に暇を出されたものの、余暇の使い方がわからず公園のベンチで時間を潰すサラリーマンの気分だ。

「……帰るか」

どのみちタブレットを取り上げられたので仕事にならない。

相棒の入っていない鞄《かばん》を肩にかけ、大人しく下校しようと校舎を歩き、そのまま教室棟に移動する。

昇降口に着いて、下駄箱《げたばこ》に向かおうとしたところで後ろから声をかけられた。

「あれ、恵太先輩？」

「ん？　――ああ、長谷川《はせがわ》さん」

振り返ると、そこにいたのは胸の大きな後輩で。

学生鞄を肩にかけた雪菜《ゆきな》が、なぜか不満げに口を尖《とが》らせた。

「呼び方が違いますよ？　ちゃんと『雪菜ちゃん』って呼んでくれないと」

「はいはい、雪菜ちゃん雪菜ちゃん」

「やっつけ感がすごいけど……まぁいいや。ちょうど今、先輩に連絡しようと思ってたんですよ」

「ああ、ごめん……例のブラならまだできてなくて……」

「いえ、そっちの話じゃないですから」

どうやらブラの催促ではないようだ。

「先輩も今から帰りですよね？　もし暇なら、少し付き合ってくれませんか？」

「別にいいけど、どこかいくの？」

「はい、今から私とデートしましょう」

「デート？　それはまた急だね」

「まあ、ちょっと……こっちのほうで問題が発生しまして……」

そう言って雪菜が背後――校舎の通路のほうを気にする素振りをみせる。

つられて恵太《けいた》がそちらを見ると、廊下の奥で人影らしきものが物陰に隠れた。

「今のって……」

「最近、こんな感じで尾行されてるんですよ。自称『雪菜《ゆきな》ちゃん親衛隊』の皆さんに」

「雪菜ちゃん親衛隊？」

「この前、私に言い寄ってきた人たちがいたでしょ」

「ああ、あのガラの悪い……」

「あの人たち、私と先輩の関係を疑ってるんですよね。彼氏というわりにはあんまり一緒にいないし、ふたりで帰ったりもしてないって」

「実際、本当のカップルじゃないしね」

時間が経《た》てばボロが出るのは当然だ。

「けど、それにしたって尾行はやりすぎなのでは？」

「さすがに学校の外までは追ってこないので大丈夫ですよ。——ただ、私が大好きな彼氏と一緒に帰ったりなんかしたら、その限《かぎ》りではないと思いませんか？」

「ふむ……」

彼女の意味深な言い方にピンとくる。

「なるほどね。親衛隊にデートの様子を見せて信用させようってわけだ」

「話が早くて助かります」

悪巧みが楽しいのか、嬉《うれ》しそうに雪菜が微笑《ほほえ》む。

「このあたりでしっかりと既成事実をつくっておきたいので、奴《やつ》らを欺《あざむ》くためにも、今日は全力で恋人のフリをしてくださいね？」

「まあ、そういう契約だしね」

彼氏のフリをするのが協力の条件なのだ。

デートもその条件の範囲内だろう。

（今日は帰って休めって言われたけど、仕事をするわけじゃないからご容赦《ようしゃ》願おう）

話がまとまり、靴を履き替えた恵太たちは仲良く学校をあとにした。

恋人よろしく肩を並べて駅前へ移動し、さっそく作戦《ミッション》を開始。

手始めにタイ焼きを買い食いしたり、ゲーセンに入ってレースゲームをしたり、ダメ押しとばかりに手を繋《つな》いで歩いてみたりした。

ひとしきり遊んだあと、後輩に連れていかれたのは有名なカフェのチェーン店。

レジでドリンクを注文し、コーヒーとマンゴーシェイクを受け取った恵太たちは窓に近いテーブル席に陣取った。

「ん～っ♪　甘くておいしい～♪」

向かいの席に座り、新作のドリンクを口にした雪菜が満面の笑みを見せる。

「そんな顔で飲んでもらえたら、マンゴーシェイクも本望だろうね」

「この新作、ずっと飲みたかったんだけど、ひとりじゃ入りづらかったんですよね」

「それなら、水野《みずの》さんや絢花《あやか》ちゃんを誘えばよかったのに」

「それも考えたけど……」

「けど？」

「いきなり誘ったら……馴れ馴れしいって思われません？」

「あのふたりは思わないでしょ」

可愛《かわい》い後輩に誘われたら悪い気はしないはずだ。

少なくとも馴れ馴れしいなんて絶対に思わない。

それでも彼女は不安なようで、硬い表情のまま打ち明ける。

「私、小学校の時は仕事で忙しかったし、中学でも友達とかいなかったから、同年代の人との距離感がわからないんですよね」

「俺のことは普通に誘ってたけどね」

「それはいいんです。今の恵太《けいた》先輩は私の彼氏ですから」

「はいはい、せいぜい彼氏としてサービスさせてもらいますよ」

「あ、それじゃあ、一緒に写真を撮ってもらってもいいですか？」

「別にいいけど」

了承すると、席を立った後輩が隣にやってくる。

肩を寄せ合って、まるで本当の恋人のような距離感で彼女が写真を撮影した。

「よし、恵太先輩とのツーショット写真ゲット♪」

「なんだか楽しそうだね」

「各所から先輩と付き合ってる証拠を見せろって言われてたんですよね。今日のデートで親衛隊も騙《だま》せたと思うし、この写真があれば他の人たちも納得するはずです」

「それを見せたら、俺のほうが再炎上しそうだけど……」

ただでさえ不特定多数の男子に恨まれているのだ。

追加の燃料を投下するのはやめていただきたい。

そして、今の自分たちを外にいるであろう親衛隊の皆さんがどんな顔で見ているのか想像すると本当にこわい。こわすぎて窓の外が見れない。

「この写真、先輩にも送っておきますね」

写真を送ろうと、隣で雪菜《ゆきな》がスマホをいじっていた時だった。

「あ……」

新着のメッセージを受信したらしく、それを確認した彼女が手を止める。

「誰から？」

「柳《やなぎ》さんから……戻ってこいって、いつものやつです」

「まだ諦めてないんだね」

「もうずっとですよ。中学に入って、私が仕事を辞めた時からずっと……」

話している間も彼女は画面から目を離さなかった。

しばらく届いたメッセージを眺めたあと、結局、返信せずにスマホを仕舞《しま》ってしまう。

「返信しなくていいの？」

「いいんです。せっかくのデートなんだから、暗い話はなしですよ」

普段の調子に戻って――

あるいは無理にそう振る舞って、彼女が向かいの席に移動する。

(雪菜《ゆきな》ちゃん、本当は演技の仕事やりたいんじゃないかな……)

仕事は嫌いじゃないと言っていたし、マネージャーを着信拒否にしていないのがその証拠のように思う。

本当に芸能界から距離を置きたいなら、そんな繋《つな》がりを残してはおかないはずだ。

力《ちから》になってあげたいが、コンプレックスが根底にある以上、例のブラができたら解決するなんて簡単な話ではないだろうし……

今回の仕事は、どうにも一筋縄ではいかないようだ。

後輩女子とデートした日の翌日、昼前の体育の授業中。

体育館の壁際に立ち、バドミントンの順番待ちをしながらジャージ姿の恵太《けいた》と秋彦《あきひこ》が雑談に興じていた。

「どうしておっぱいは揺れるんだろうね」

「そこにおっぱいがあるからだな」

ふたりの視線の先にいるのは、澪《みお》と真凛《まりん》と泉《いずみ》の仲良し三人組。

彼女たちは女子のスペースでバレーボールのトス練習をしており、恵太と秋彦の他にも多くの男子の視線を集めていた。

バランスの取れた理想のスタイルを誇る水野《みずの》澪。

小柄で控えめながらも綺麗《きれい》な形の胸を持つ吉田《よしだ》真凛。

長身で胸もあり、腰からお尻にかけてのヒップラインが見事な佐藤《さとう》泉。

そんな綺麗どころが一堂に会しているのだ。これはもう見ないほうが失礼だろう。

「佐藤さん、トス上げるのうまいね」

「中学からバレー部なんだと」

「どうりで……」

泉の手元をじっと見る。

彼女は落ちてくるボールを両手で正確に捉え、綺麗なフォームでトスを上げていた。

「ふむ……」

少し思うところがあって泉《いずみ》の手の動きを真似《まね》してみる。

その横で、女子から視線を逸《そ》らさずに秋彦《あきひこ》が口を開いた。

「そういや恵太《けいた》、仕事のほうは最近どうなん？」

「どうもこうも、今回はなかなか手強《てごわ》いね」

相変わらず『胸が目立たなくなるブラ』の製作は難航していた。

巨乳モデルの確保ができないまま、代表から言い渡された仕事の期限も迫っており、スケジュール的にも余裕はなくなってきている。

「長谷川《はせがわ》さんの勧誘も中途半端だし、新作のブラのデザインも進んでないし、ちょっと自信なくしてる感じ」

「超人じゃあるまいし、ぜんぶうまくやれる奴《やつ》なんかいないだろ」

「そうかな……」

「恵太はさ、もう少し肩の力を抜いてもいいと思うぞ。真面目なのもいいけど、何事も欲張りすぎるとうまくいかないもんだ」

「そういうもん？」

「女の子だって、来るもの拒まずで手広く遊んでたら面倒《めんどう》なことになるだろ？」

「それはただの因果応報のような……」

参考になるようでまったく参考にならない。

「要は、いつも通りでいいってことだよ。オレから見てもお前はしっかりやってる。その証拠に水野《みずの》さんも最近、いい感じになったじゃん」

「いい感じ？」

「前は仏頂面で取っつきにくい感じだったのに、笑うことが増えた気がする」

「言われてみれば……」

再度、女子のスペースに視線を向ける。

そこでバレーボールの練習をしている澪《みお》は楽しそうに笑っていた。

モデルを引き受ける前の、どこか息苦しそうだった彼女はどこにも見当たらない。

「あんまり事情は知らないけど、下着のことで悩んでたのが解決したんだろ？　それって、恵太《けいた》の作った下着が水野さんを笑顔にしたってことじゃないか？」

「……そうだね。だったら光栄だ」

自分が丹精込めてデザインしたランジェリー。

それを身に着けたことで彼女が前向きな気持ちになれたのだとしたら、デザイナーとしてこれほど嬉《うれ》しいことはない。

「秋彦《あきひこ》もたまにはいいことを言うね」

「ばっかお前、オレは歩く名言集だろうが」

「そういうことにしておこう」

心の中で友人に感謝を告げて、恵太は気合いを入れ直す。

「それじゃあ、もう少し頑張ってみようかね」

◆

事件が起きたのは体育の授業のあと、女子更衣室で澪が着替えていた時だった。

「そういえば浦島《うらしま》くんて、いつの間にみおっちから別の子に乗り換えたの？」

「……へ？」

ジャージの上下を脱ぎ、スカートの前にブラウスを着たタイミングで、澪と同じ格好《かっこう》の真凛《まりん》がそんなことを聞いてきたのだ。

「昨日、見ちゃったんだ。駅前のカフェで浦島くんが女の子とお茶してるとこ。あれはたぶん一年の長谷川《はせがわ》さんだと思う」

「へ、へー……」

昨日は絢花《あやか》と結託して準備室から彼を追い出したわけだが、そのあと雪菜《ゆきな》と合流してデートしていたらしい。

（おおかた、偽彼氏の信憑性《しんぴょうせい》を高めるためだと思いますが……）

ツーショット写真でも撮っておけば嘘《うそ》の説得力が跳ね上がるし。

そういう意味でいえば放課後デートは最適解だろう。

ただ、事情を知らない真凛《まりん》はかなりご立腹のようで、

「浦島《うらしま》くんには幻滅だよ。この前まであんなにみおっちラブだったのに、こんなに早く心変わりするなんて……。やっぱり男の子は胸が大きい子のほうがいいのかな……」

「あー……」

そもそもそれも誤解なのだ。

情報が錯綜《さくそう》しすぎて、もうどこからメスを入れたらいいかわからない。

「でも真凛ちゃん？　澪《みお》ちゃんとは付き合ってたわけじゃないんだし、そこまで怒らなくてもいいんじゃないかな？」

「むぅ……」

既に着替えを済ませていた泉《いずみ》がなだめてくれるが、真凛の怒りは収まらないようだ。

自分のために怒ってくれるのは嬉《うれ》しいのだけど……

(さすがにこの誤解は浦島君が可哀想《かわいそう》ですね……)

恵太《けいた》が澪に片想《かたおも》いしてるというのも、巨乳の後輩と交際しているという話も誤った情報だし、彼にはなんの非も落ち度もない。

何も悪くないのに誰かが悪者になるのは忍びなかった。

「仕方ないですね……」

このままでは頭に血がのぼった真凛が恵太に特攻をかけかねない。

そう判断した澪は、他言無用だということを念押ししたうえで、ふたりにおおまかな事情を伝えることにした。

◇

その日の放課後、被服準備室の指定席で恵太は頭を抱えていた。

「わかってはいたけど、そう簡単にはいかないよね……」

テーブルに投げ出したタブレットには途中の三面図が表示されているが、進捗は澪たちに見せた時からほとんど変わっていない。

描いては消し、描いては消しの繰り返しで、それっぽいデザインにはなるものの、どうにもコレだというアイデアが浮かばないのだ。

「胸を目立たなくするって点がどうしてもネックになるね……洋服のコーデでバストを小さく見せる方法はあるけど、制服だと使えないし……やっぱりブラ自体に機能を盛り込むしかないか……」

ブツブツ呟《つぶや》きながらアイデアを練るも、いっこうに答えは出ない。

それでもうんうん唸《うな》りながらタブレットに向かう。

進展のないまま時間が過ぎ、時刻が十六時をまわった頃、準備室のドアが開いてふたりの女子生徒が顔を覗《のぞ》かせた。

「おつかれさまです」

「こ、こんにちは……」

通常運転の澪《みお》に続き、緊張した面持ちで入ってきたのは佐藤泉《さとういずみ》だった。

長身だが、やや猫背気味のクラスメイトがぺこりと会釈する。

「あれ、佐藤さん？　めずらしいお客さんだね」

「えっと……実は私、浦島《うらしま》くんに相談があって……」

「相談？」

「澪ちゃんに、浦島くんは下着のプロフェッショナルだと聞きまして」

「なるほど、水野《みずの》さんに俺が下着のプロフェッショナルだと聞いたんだね」

台詞《せりふ》を復唱しつつ澪を見ると、彼女は申し訳なさそうに目を逸《そ》らした。

「すみません……話の流れで喋《しゃべ》ってしまいまして……」

「まあ、別に隠してるわけじゃないからいいけど」

大っぴらに言ってないだけで、仕事のことは絶対に秘密というわけじゃない。

（そういえば教室を出る時、吉田《よしだ》さんに〝疑ってごめんね？〟とか言われたけど、何か関係があるんだろうか……）

なんにせよ、下着で悩んでいる女の子を無下《むげ》にはできない。

まずは迷える子羊の話を聞いてみよう。

「それで、俺に相談があるってことだけど」

「あ、うん……実は私、お尻が大きいのが悩みで……」

「ふむ、お尻が大きいのが悩みとな……」

椅子に腰掛けたまま、相手の下半身に視線を移す。

男子に熱い眼差《まなざ》しを向けられ、驚いた泉が半身を逸らしたことで、ちょうどいい具合に彼女のヒップラインを確認することができた。

長身ゆえ、短いスカートから伸びた脚はすらっと長く。

スリーサイズも含めて全体のバランスも取れており、腰のくびれも文句なし。

お尻に関してもほどよく引き締まっていて、総評としては『生まれてきてくれてありがとう』というのが正直な感想だ。

「たしかに、佐藤さんのヒップラインは素晴らしいと常々《つねづね》思っていたんだよ」

「え？」

「ああ、なんでもないから気にしないで。続きをどうぞ」

「う、うん……」

続きを促すと、戸惑いながらも泉が話を再開する。

「それで、その……お尻を小さく見せるいい方法はないかなって。おすすめの矯正下着とかがあれば教えてほしいです」

「ふむふむ、お尻を小さく見せる方法ね」

どうやら佐藤《さとう》さんはヒップを目立たなくするショーツをご所望のようだ。

体に関する悩みの中でも、お尻の大きさを気にする女の子は多い。

ヒップを小さく見せる方法にはいくつか心当たりがあるので、彼女が望むのであれば快く紹介したいところなのだが――

「そんなの、佐藤さんには必要ないよ！」

「えええっ⁉」

下着のプロが出した結論は、佐藤泉《いずみ》に矯正下着は必要ないというものだった。

恵太《けいた》の剣幕《けんまく》に泉が驚愕《きょうがく》するも、変態の奇行に慣れつつある澪《みお》は「また始まった……」といった様子で経緯を見守っている。

「そもそも気にするほど大きくないし、むしろ引き締まったいいお尻じゃないか」

「で、でも私、ヒップが90センチ以上あるんだよ？」

「佐藤さんは身長があるから、そのぶん他の数値が大きくなるのは当たり前だよ」

「そ、そうかな……」

「俺は下着と体のことに関して嘘《うそ》はつかないから。今日だって、トスを上げる佐藤さんに見惚《みと》れてたくらいだしね」

「え……」

体育の時に盗み見ていたことを告白したところ、泉がポカンと口を開けた。

白い頬《ほお》を赤くしたと思ったら、今度は落ち着かない様子でモジモジする。

体は大きいのに、仕草が小動物みたいで可愛《かわい》い人だ。

「矯正下着が悪いわけじゃないけど、下着で無理に押さえつけると体に悪影響が出ることもあるし、そんなアイテムに頼らなくても佐藤さんのお尻は魅力的なんだから――」

喋《しゃべ》っているうちに熱が入り、席を立った恵太は両手で泉の肩を掴《つか》んだ。

「このヒップラインを矯正するなんてとんでもない。せっかく綺麗《きれい》なお尻を持ってるんだから自信を持つべきだよ」

「は、はい……」

お尻を褒められる経験がなかったからだろうか。

恥ずかしそうに頬を赤らめた泉がコクコクと頷《うなず》く。

「……というか浦島《うらしま》君、いつまで泉にさわってるんですか？」

「おっと失礼」

澪に言われて手を離す。

そのまま適切な距離を取ると、泉がチラチラとこちらを見ていることに気がついた。

「あの……浦島《うらしま》くん？　ひとつ聞いてもいい？」

「なんだろう？」

「浦島くんは、お尻が大きい女の子は……好き？」

「好きというか……愛してるといっても過言ではないかな」

「……そっか」

赤裸々な返答に小さく呟《つぶや》いたあと、嬉《うれ》しそうに泉《いずみ》がはにかむ。

「ありがとう、浦島くん。私、自分の体に自信を持ってみるね」

「それがいいね」

これにて佐藤《さとう》さんのお悩み相談は一件落着。

心なしか猫背も改善した彼女が軽い足取りで出口に向かい、ドアノブに手をかける。

「澪《みお》ちゃんも、ありがとう」

去り際に笑顔で告げて泉が部屋をあとにした。

お客さんが退室すると、残った澪が手を後ろ手にして近寄ってくる。

「お手柄ですね、浦島君」

「俺は思ったことを言っただけだけどね」

「でも泉、すごく嬉しそうでしたよ」

「そうだね」

喜んでくれるのはやっぱり嬉しい。

自分の作った下着であれ、言葉であれ、そうやって見せてくれた女の子の笑顔は何物にも代えがたい魅力がある。

「今度、佐藤さんにパンツのモデルをしてくれないか頼んでみようかな」

「泉は部活で忙しいから厳しいと思いますよ」

「それは残念」

「でも、本当によかったです。泉、ずっと気にしてたみたいだから」

「下着のプロとはいえ、同級生の男子に相談するくらいだからね」

体のコンプレックスを異性に話すのは相当な勇気と覚悟が必要だ。

その気持ちに応えられたのなら本当によかったと思う。

「浦島君の、そうやって真摯《しんし》に向き合ってくれるところ、けっこう好きですよ」

「まるで告白みたいだね」

「調子に乗らないでください」

そんなわけないですから、と付け加えてぷいっと顔を背けてしまう。

そうしていつもの調子に戻った澪が、今度は少し寂しげに目を伏せた。

「長谷川《はせがわ》さんも、自分の体に自信を持ってくれればいいんですけどね……」

「……え？」

その瞬間、言いようのない違和感に襲われた。

きっと彼女は何気《なにげ》なく言ったのだと思う。

恵太《けいた》に相談したことで泉《いずみ》が救われたように、胸のコンプレックスに悩む雪菜《ゆきな》も自分の体を受け入れてくれたらいいと、そう思ったからこその発言だろう。

けれど、その言葉がもたらしたのは頭を鈍器で殴られたような衝撃で——

「……浦島《うらしま》君？」

「ごめん、水野《みずの》さん……急用ができたから帰るね」

戸惑う澪《みお》にそう告げて、仕事道具を鞄《かばん》に入れた恵太は部屋を飛び出した。

（なにをやってるんだ、俺は……？）

玄関に向け、足早に校舎を歩きながら自分自身に問いかける。

（なんで俺は、胸を目立たなくするブラなんて作ってたんだ……？）

後悔にかられながら、今の今までその間違いに気づけなかった自分を責める。

（胸を小さく見せるためのブラなんて……雪菜ちゃんの魅力を否定してるのと同じことなのに……）

泉には自分のお尻に自信を持てと言うくせに。

雪菜に対しては胸を矯正するブラを用意しようとしていたなんて。

そんなの、矛盾にもほどがある。

「どうりでアイデアが浮かばないはずだよ。俺が作りたかったのは、女の子を笑顔にするための下着なんだから」

秋彦《あきひこ》の言う通りだった。

仕事に打ち込むあまり大切なことを忘れていた。

アレもコレもと欲張りすぎて、周りが見えなくなっていた。

巨乳のモデルをゲットするとか、そのための交換条件だとか、そんなことはどうでもよくて。本当に大事なことは最初からひとつだけだったのだ。

クライアントの意向を取り入れるのはビジネスの基本。

そういう意味でいえば、恵太の選択は間違っていなかった。

だけど、本当に彼女のことを考えるならそれではいけなかった。

本当の意味であの子に笑ってもらうためにはどうすればいいのか、今回の企画はそこから始めなければいけなかったのだ。

「……水野さんに感謝しないとね」

自分がなんのためにこの仕事をしているのか。

見失っていた目的を思い出せたのは彼女のおかげだ。

「早く帰って、雪菜ちゃんを笑顔にする下着を作ろう！」

相変わらず時間はないが、ようやく方向性は定まった。

浮かんだアイデアはむしろ得意分野。

可愛《かわい》くて着け心地抜群の、女の子の魅力を引き出すランジェリーで、あの生意気な後輩のハートを撃ち抜いてやろう。


その後、自宅マンションに駆け込んだ恵太《けいた》は、はやる気持ちを抑えながらエレベーターに乗り込み、七階にある自分の家に向かった。

玄関で靴を脱いだタイミングで廊下のドアが開き、妹が姿を見せる。

「あ、お兄ちゃんおかえり～」

動きやすそうなシャツと短パン姿で、髪をサイドテールにした妹がのんびりとした口調で「おかえり」と言ってくれる。

「ただいま！　──ごめん、姫咲《ひさき》ちゃん。今日の夕飯なんだけど、おにぎりにしてもらってもいいかな？」

「ん？　おにぎり？」

一瞬、首を傾《かし》げた姫咲だったが、すぐに事情を察して了承する。

「おっけー。手軽に栄養が摂《と》れるように豚汁《とんじる》も作って持ってくね」

「ありがとう」

気遣い上手の妹に感謝を告げて、恵太は自分の部屋に入る。

鞄《かばん》を置き、手早く部屋着に着替えるとそのまま机に向かう。

鞄から愛用のタブレットを取り出し、デスクライトを点《つ》けると、描きかけのデータを綺《き》麗《れい》さっぱり削除した。

「──よし、始めようか」

端末用のペンを手に取り、真っ白な画面に線を引いていく。

途中まで進めていたデザインは使わない。

全て一から、ブラジャーの基本設計からやり直す。

それを身に着ける女の子のことを考えながら丁寧に、丹念に。

頭の中のイメージを形にしていく。

ショーツに比べ、複雑な形状のブラジャーはそのぶんデザインの自由度が高い。

バストを包むカップの形状も。

胸元のリボンや肩紐《かたひも》の意匠《いしょう》も。

可愛さの値を左右する布地の面積さえ、全てはデザイナーの思いのままだ。

ランジェリーデザイナーにとっていちばん苦しくて、同時にいちばん楽しい作業。

口元に笑みを浮かべながら、一心不乱に手を動かした。

途中で姫咲が夕食を持ってきてくれて、梅干し入りのおにぎりと具だくさんの豚汁で英気を養うと、すぐに作業に戻った。

ブラのデザインが固まると、それに合わせてショーツのデザインにも着手。

下着はふたつでワンセットなのでこちらも手は抜けない。

可愛《かわい》くできたブラの造形に合わせ、互いの魅力を引き立てるような意匠《いしょう》になるよう心血を注いでいく。

そうして夜通しデザイン画を描き続け。

恵太《けいた》がタブレットのペンを止めた時、外は既に朝を迎えていて――

「……できた」

画面の中にあったのは、贔屓目《ひいきめ》を差し引いても魅力的な下着のセット。

今の自分の全てを注ぎ込んだ、最高のランジェリーが完成したのである。

◆

雪菜《ゆきな》のスマホに呼び出しのメールが届いたのは、浦島《うらしま》恵太に条件を突きつけてから一週間後のことだった。

「下着ができたっていうから着けてはみたけど……これ、本当に恵太先輩に見せなきゃダメなんですか？」

「そういう約束だからね」

「むぅ……」

授業が終わって迎えた放課後、恵太とふたりきりの被服準備室で、雪菜は自身の姿を隠すように窓のカーテンにくるまっていた。

顔だけ出してまるでミノムシ状態。

自分なりの最後の抵抗だったが、ここで許す彼ではない。

「雪菜ちゃんの条件を呑《の》んだら、モデルをしてくれる約束だったよね？」

「わ、わかってますよ！」

非常に不本意ではあるものの、ここまできたらあとには引けない。

観念した雪菜は、意を決してカーテンから身を乗り出した。

「おお……っ」

「………」

まず先に申し上げておくと、今の長谷川《はせがわ》雪菜は完全な下着姿ではなかった。

上下共に彼の作ったランジェリーを身に着けてはいたが、かろうじてスカートは装着したままで、その秘密のベールによってショーツだけは守られていたのである。

それでも彼が唸《うな》ったのは、ひとえにモデルの胸部の破壊力が凄《すさ》まじかったからだろう。

自分で言うのもなんだがGカップは伊達《だて》じゃない。

事前の指示で谷間が見えるよう手を後ろで組み、淡い紫のブラに包まれた胸を惜しげもなく披露しているのだから、彼の視線がその部分に集中するのは当然の結果で——異性に熱い眼差《まなざ》しを向けられ、顔を赤く火照らせた雪菜《ゆきな》は、居心地が悪そうにモジモジしてしまう。

「うぁ……これ、めちゃくちゃ恥ずかしいんですけど……」

「まだブラジャーだけで、パンツは見せてないけどね」

「そもそも、男子にブラを見せてること自体がおかしいと思う……」

「うんうん、ちゃんと雪菜ちゃんのサイズにぴったりでよかったよ」

「先輩、お願いだから話を聞いて」

呆《あき》れたように言ったあと、雪菜は鏡の前に立ち、身に着けた下着を確認する。

恵太《けいた》に渡されたのはフロントホックタイプのブラジャーで、大きなブラにありがちなフルカップではなく、布地を少なめに抑えた魅力的なデザインの下着だった。

「高校生のランジェリーデザイナーなんて眉唾だったけど、まさか本当に作ってくるなんて……しかも、今までしてた下着よりだんぜん着け心地がいいし……」

柔らかいのにしっかりと胸を支えていて、なんだか肩まで軽い気がする。

(それになにより……すごく可愛《かわい》い……)

大きいサイズのブラはとにかく地味なものが多い。

なのに、壁掛けの鏡に映った下着は本当に可愛《かわい》くて。

下着を変えただけなのに、自分が自分じゃないみたいでドキドキしてしまう。

「私、フロントホックのブラって初めて着けたかも……」

「あんまり市場《しじょう》には出ないデザインだからね」

「そうなの？」

「通常のブラは調整できるようにホックが三段になってるけど、フロントホックはひとつしかないから胸に合わせるのが難しいんだ。ちゃんとお店でフィッティングしてもらって、自分にぴったり合ったものを選ばないとなかなかしっくりこないんだよ」

「え？　でも私、フィッティングとかしてないけど……」

「そのへんは問題ないよ。雪菜《ゆきな》ちゃんと廊下でぶつかった時、胸のサイズと形はしっかり把握したからね」

「あの一瞬で⁉」

たった数秒で女子の胸を正確に把握するとか、どんな超能力なんだろう。

「扱いづらい面もあるフロントホックだけど、ちゃんとメリットもあるんだ」

「メリット？」

「ブラを着ける前とあとで、なにか変わってる気がしない？」

「そう言われても……」

　再度、鏡の中の自分を見る。

「……あれ？　なんだか少し、痩せて見えるような……」

「フロントホックブラは胸を中央に寄せる効果があるからね。胸全体の横幅を抑えることでスリムに見えるんだよ。前の布を削ったぶん脇のベルトを太めにして、バレーボールのトスをする時みたいに、胸を左右から支えることで安定感が出るようにしてみたんだ」

「へぇ……」

　聞けば、バレー部の女子を見ていてアイデアが浮かんだらしい。

　感心したように呟《つぶや》いて、鏡に映った胸元をまじまじと見る。

「……でも先輩？」

「ん？」

「このブラ、ぜんぜん胸が小さく見えないですよね？」

「あ、気づいちゃった？」

　たしかに体の線がスリムに見えるようにはなった。

　このぶんだと制服を着ても痩せて見えるだろうし、胸の形を綺麗《きれい》に見せることにも成功しているが、そのボリューム自体が小さく見えることはなかった。

　これでは自分が依頼した『胸が目立たなくなる下着』とは言えないだろう。

「突然だけど俺、雪菜ちゃんのこと、本当に綺麗だと思ってるんだ」

「へ⁉　い、いきなりなに……？」

「本当に、見れば見るほど綺麗《きれい》だよね──雪菜《ゆきな》ちゃんの胸」

「あ、胸の話……そうですよね……」

まぎらわしい言い方をしないでほしい。

不意打ちで胸の話題が出たせいで、無意識に両手で胸元を隠してしまう。

「このブラにしたのは、せっかくの綺麗な胸を隠してほしくないと思ったからなんだ。これから一生付き合っていく大事な体だから、雪菜ちゃんにも好きになってほしくて」

「好きに……？」

「ランジェリーデザイナーの仕事は女の子を笑顔にする下着を作ることだからね。今回は雪菜ちゃんを笑顔にしようと思って、その結果できたのがこの下着なんだよ」

そう言って彼がこちらに両手を伸ばす。

胸を隠すように置かれた後輩の手を取ると、掴《つか》んだその手をそっと下におろした。

「うん。──やっぱり、雪菜ちゃんによく似合ってる」

「っ⁉」

優しい笑みを向けられ、頬《ほお》が燃えるように熱くなる。

再び胸元が露《あら》わになったことより、ふれた彼の手の温《ぬく》もりが照れくさくて、自分でも信じられないくらい鼓動が速くなっていく。

（なにこれ……なんで私、こんなにドキドキしてるの……？）

なんだかよくわからないが、これはいけない気がする。

未知の感覚に焦った雪菜は彼から距離を取り、誤魔化《ごまか》すように話題を変えた。

「で、でも、フロントホックのブラってあんまり出回らないんですよね？　そんな商品を作って経営は大丈夫なんですか？」

「もちろんたくさん売れるのが理想だけどね。数は少なくても、雪菜ちゃんみたいにフロントホックのブラが似合う子だっているはずだし。仮にたくさんの人のもとに届かなかったとしても、俺の下着の良さをわかってくれる人や、必要としてくれている人が手に取ってくれたら、その誰かのために頑張れるから」

「わかってくれる人……」

「雪菜ちゃんにも、そういう人はいなかった？」

「………いました」

彼の話を聞いて思い出した。

「いました……たくさん……私のことを応援してくれる人が……」

幼い頃の雪菜にも、胸のこと以外に応援メッセージを書き込んでくれた人がいたのだ。

可愛《かわい》かったとか、最後のシーンがよかったとか、他愛《たあい》のないコメントばかりだったけれど、それがとても嬉《うれ》しかったのを覚えている。

胸の話題にばかり目を向けすぎて、そういう人たちの声を取りこぼしていたのかもしれない。

「俺も、ドラマに出てる雪菜《ゆきな》ちゃんを見て、すごいって思ってたよ」

「そのわりには、最後まで正体に気づかなかった気がするけど」

「それは仕方ないでしょ。その頃の雪菜ちゃんは子どもだったし、こんなに美人に成長してたら気づかないよ」

「ま、またそういうことを言う……」

またもや不意打ちを食らってしまった。

この人はどれだけ後輩を照れさせたら気が済むんだろう。

「それで雪菜ちゃん、約束の件はどうする？　最初の条件とは違うものになっちゃったから、雪菜ちゃんが気に入らないならモデルの話はなかったことにできるけど」

「別に、気に入らないってわけじゃないけど……」

というか、むしろとても気に入っているのだけども。

だからといって、胸が目立たなくなるブラがもう要らないかといえば、それはまた別の話で――

「まあ、矯正ブラも作れないことはないんだけどね。ひとつ忠告させてもらうと、雪菜ちゃんの胸が急に小さくなったら、そのほうがみんなの注目を集めるんじゃないかな」

「え……？」

「たとえば〝あれっ⁉　なんか雪菜ちゃんの胸しぼんでない⁉〟って感じでさ。最悪、ずっとパッドで胸を盛ってた痛い女の子として語り継がれちゃうかもね」

「うわ、それは嫌すぎる……」

彼の言う通り、急に胸が小さくなったら違和感しかない。

まず間違いなく周囲の人間が騒ぎ出すだろう。

「どうする？　それでも胸が目立たなくなるブラを作る？」

「もうっ、わかりましたよ！　胸を小さく見せるのは諦めます！」

「それが賢明だね」

そう言って恵太《けいた》が笑う。

年上の男の子の、子どものように無邪気な笑顔がなんだか悔しい。

「……正直、恵太先輩の下着は可愛《かわい》いと思います。鏡の前に立った時、初めて自分の胸が嫌じゃなかったかもしれません」

「それはよかった」

「でも、やっぱり急に好きにはなれないと思います……ずっと悩みの種だったし、せっかく先輩が綺麗《きれい》だって言ってくれたのに申し訳ないんだけど……」

「いいよ。雪菜ちゃんのペースで、ゆっくり好きになっていけばいいんだから」

「俺もこれから雪菜《ゆきな》ちゃんに似合う下着をいっぱい作る予定だからね。少なくとも、ブラに関する悩みは取り払ってあげられると思うよ」

「恵太《けいた》先輩……」

「……うん」

その言葉だけで、じゅうぶんに救われた気がして笑みがこぼれる。

認めるのは悔しいけれど、嬉《うれ》しくなってしまったのだからしょうがない。

「あのね、先輩？　私、また役者の仕事をすることにします。私を応援してくれる人に、自分の演技を見てほしいから」

「そっか、復帰することに決めたんだ」

「言っておきますけど、復帰を決めたのは恵太先輩がその気にさせるような下着を作ったからですよ？　先輩のせいで復帰するんだから、また胸のことで騒がれたら責任を持ってなぐさめてくださいね？」

「さすがに横暴すぎる気がしないでもないけど……それなら、決心が鈍らないうちに連絡してみたらいいんじゃないかな。きっとマネージャーさんも待ってるだろうし」

「そうですね」

復帰するなら早いほうがいいということで、鞄《かばん》からスマホを取り出した雪菜はその場でマネージャーに電話をかけた。

ずっと待たせてしまったことを謝って、今の自分の気持ちを伝えて……

数分だけ話してから通話を切った。

「柳《やなぎ》さん、今度ゆっくり話そうって。すごく喜んでました」

「それはよかったね」

「はいっ、恵太先輩のおかげです」

猫をかぶっていない、素の笑顔を彼に向ける。

男子に対して、こんな気持ちを抱くのは初めてのことで。

素敵なランジェリーで胸のコンプレックスを和らげてくれたことも、迷っていた復帰のキッカケをくれたことも、言葉では言い表せないくらい感謝していた。

そう、本当に感謝していたのだ。

高校生ランジェリーデザイナーこと浦島《うらしま》恵太が、その本性を現すまでは――

「それじゃあ、今度はこっちが約束を守ってもらう番だね」

「……ん？」

「彼氏の役は大変だったし、雪菜ちゃんにもそれなりの働きを期待してるから」

「え……」

「実は仕事の締め切りがすぐそこまで迫ってるんだよね。端的に言うと時間がないから、さっそく協力してもらわないといけないんだ」

「け、恵太《けいた》先輩……？」

物腰は柔らかなのに、有無を言わさぬ口調が恐怖を駆り立てる。

どこから出したのか、いつの間にかその手にデジカメを携《たずさ》えているし。

表情は笑顔のままだが、眼鏡の奥の目は1ミリも笑っていなかった。

「今つけてるランジェリーも新作のラインナップに入れる予定だから、とりあえずスカートも外してもらって、パンツの具合も見せてもらおうかな♪」

「お、お手柔らかにお願いします……」

偽彼氏の件でさんざん迷惑をかけたのは事実。

彼の要求を断れるはずもなく、雪菜《ゆきな》は生まれて初めて異性の前で完全なる下着姿をさらし、試作品のチェックと資料のための撮影会に身を投じる運びとなったのである。

◇

後日、放課後の被服準備室にリュグのモデル三人が勢揃《せいぞろ》いしていた。

「まさか雪菜さんが、あの子役の雪菜ちゃんだったなんてね」

「わたしもドラマ観てましたよ。復帰できてよかったですね」

「えへへ、恐縮です」

席順は絢花《あやか》と雪菜が隣り合って座り、テーブルを挟んで雪菜の前に澪《みお》がいる配置。

男子不在の部屋で何を話しているかといえば、最近の雪菜の近況報告だった。

「恵太先輩には感謝しないと。まだコンプレックスを克服できたわけじゃないけど、先輩のブラのおかげで前に進むことができたので」

そう言って笑顔を見せた雪菜だったが、途端にどこか遠い目をして呟《つぶや》く。

「……まあ、その見返りに恥ずかしい写真をいっぱい撮られたんですけどね……」

「話には聞いていたけど、さすがは恵太君ね。学校の一室で後輩女子を半裸にしたうえ撮影にまで及ぶなんて、常人には到達できない鬼畜ぶりだわ」

「浦島《うらしま》君は絶対Sだと思ってました」

爽やかな笑顔で恥ずかしい要求をしてくるのだ。

彼は女の子が嫌がる様子を楽しんでいるフシがある。

「恵太先輩ったら酷《ひど》いんですよ？　恥ずかしがる私にいろんなポーズを強要して、あらゆる角度からカメラを向けてきて……何度も〝もう許して！〟ってお願いしたのにやめてくれなくて……」

「浦島君、控えめに言って最低ですね」

「でもちょっと見てみたかったわね、その光景」

ゴミを見るような目をする澪に対し、女の子ラブの絢花がわくわくした顔をする。

本人は不在なのに恵太《けいた》の株が大暴落だ。

そして、なおも雪菜《ゆきな》の密告《みっこく》は止まらない。

「私、本当に恥ずかしかったです……男の子の前で下着姿になって、したくもない女豹《めひょう》のポーズを決めて、胸の谷間の写真まで撮られちゃいました……」

「女豹のポーズ、本当にやらせたんですね……」

「しかも谷間のアップとか……それはちょっと、本当に酷《ひど》いわね……」

女豹のポーズなんて明らかに仕事と関係ない。

恵太のあまりに酷い振る舞いに、澪《みお》に続いて絢花《あやか》までも同情の目を後輩に向ける。

「恵太先輩、私の親衛隊にちょっかいをかけられたのがかなり嫌だったみたいで……」

「ああ、それで腹に据えかねてたんですね」

「心の底から嫌がってたものね」

「だから私、先輩に逆らえなくて……男の子にいろいろ命令されて、悔しくて仕方ないはずなのに……でも、なのにこんなの……自分でもすごく変だと思うんですけど――」

恥ずかしそうに話していた雪菜が一転、どこかうっとりとした、恍惚《こうこつ》の表情を浮かべて言う。

「なんだか最後は、ちょっぴりゾクゾクしちゃいました♡」

「「えっ……」」

長谷川《はせがわ》雪菜は隠れドMな女の子だった。

彼女が自分の性癖を自覚するのは、まだもう少し先の話である。

◆

五月下旬の夜。とある高層マンションの一室で、ソファーに寝そべった〝彼女〟はスマホをいじっていた。

モコモコの部屋着を着た、褐色の肌の少女が開いていたのはトゥイッターのアプリ。

誰もが気軽に情報を発信できるこの媒体で、鼻歌まじりに彼女が見ていたのは、新作ランジェリーに関する呟《つぶや》きで――

「……あれ？」

とある画面で少女の指が止まった。

「これって……」

興味を引かれたのは、投稿されたばかりの、画像付きのトゥイート。

それは最近、芸能界に復帰した元子役『長谷川雪菜』の呟きだった。

画像はベッドのシーツの上に、タグの付いた下着のセットが置かれたもので、

『リュグの新作ランジェリー♪　このフロントホックタイプのブラは、胸の大きな子にお

すすめだよ！』

そんな感じのメッセージと共に投稿されていた。

「リュグの新作……」

そのワードに、少女の表情が険しくなる。

怒っているような、敵意ともとれる感情を宿した目で彼女は写真をじっと見つめる。

「あ……」

しばらく画像を眺めていると、とあることに気がついた。

気になった箇所は写真の右端。

下着をのせたベッドの上に、何かの衣類と思《おぼ》しき青い布地が微《かす》かに映っていたのだ。

青を基調としているが、その布には特徴的な白のラインが見て取れて――

「…………」

少し考えをめぐらせたあと、アプリを閉じた彼女は通話履歴から電話をかけた。

「あ……もしもし、パパ？　今、大丈夫？」

突然の連絡を謝ったあと、電話の相手に簡潔に用件を伝える。

「うん……ちょっとね、調べてほしいことがあるの」

エピローグ

Epilogue

その日、教室でランチを済ませた恵太《けいた》が窓際の席でスマホを見ていると、横にやってきた澪《みお》が話しかけてきた。

「浦島《うらしま》君、なに見てるんですか？」

「雪菜《ゆきな》ちゃんのニュース。もうドラマの役が決まったってさ」

「えっ、すごいですね」

「子役を辞めたあとも演技の練習は続けてたみたいだからね」

引退後も自主練は欠かさなかったらしい。

恵太の見立て通り、雪菜は最初から芸能界に戻りたいと思っていたのだ。

「なんであれ、これで雪菜ちゃんも完全復活だね」

「そうですね。浦島君も、偽彼氏おつかれさまでした」

「ほんとにね」

後輩の復帰を機に、恵太は偽装彼氏の役目から解放されていた。

親衛隊の皆さんも姿を見せなくなったし、ようやく自由を取り戻した気分だ。

「雪菜ちゃん、芸能界に復帰するから誰とも付き合う気はないって公言してるみたいだよ。

これで告白ラッシュも収まるんじゃないかな」

「実際、仕事も忙しくなりそうですしね」

「それでもリュグのモデルは続けてもらうけどね。あんな逸材はそうそういないし、これからもしっかり働いてもらわないと。ふっふっふ……」

「浦島《うらしま》君、悪い顔になってますよ」

「おっと……」

言われて悪い顔をひっこめる。

「ところで水野《みずの》さん、今日の放課後って空いてる？」

「空いてますけど、なにかあるんですか？」

「新作の試作品が届いたから、水野さんに試着してほしくて」

「し、試着ですか……」

教室なので声を潜めて切り出すと、露骨に相手が動揺した。

「下着を見せるの、まだ恥ずかしい感じ？」

「恥ずかしいに決まってます……」

頬《ほお》を赤くした彼女が責めるようなジト目を向けてくる。

雨に降られた時や、絢花《あやか》の本性が発覚した時など、これまでも何度か下着姿を見せてくれてはいるが、未《いま》だに肌をさらすことに抵抗があるようだ。

「でも、協力するって約束ですからね。新作がどんな感じか気になりますし」

「じゃあ、放課後は俺の家に集合ってことで。今回もとびきり可愛《かわい》くできたから、期待していいと思うよ」

そう伝えたところ、まだ見ぬ下着に想《おも》いを馳《は》せて澪《みお》が目を輝かせる。

期待しているのは恵太《けいた》も同じで、彼女が身に着けることでランジェリーがどんな表情を見せてくれるのか、それを想像すると楽しみで仕方なかった。

◆

その日の放課後、これから脱ぐのが確定している水野さんこと水野澪は、やや緊張した面持ちで彼のマンションを訪れていた。

「さあ、どうぞ」

「お、お邪魔します……って、あれ？」

鍵を開けた恵太に促され、先に玄関に入った澪はその場で足を止めた。

その理由は広い玄関に綺麗《きれい》に並んだ二組《ふたくみ》の靴。

澪と近いサイズのローファーと、子ども用と思《おぼ》しき小さなスニーカーで。

四度目のお宅訪問にして初めて目にした彼の家族の気配だった。

「ああ、ふたりとも帰ってるみたいだね」

「妹さんたちですか？」

「うん。せっかくだし、紹介するからリビングにいこうか」

「わかりました」

玄関で靴を脱ぎ、先行する恵太《けいた》のあとについていく。

彼の部屋と脱衣所の前を通り過ぎ、向かったのは廊下のいちばん奥の部屋。

慣れた様子で恵太がドアノブに手をかけ、一緒になかに入ると、そこに広がっていたのは思いもよらない光景だった。

「こ、これは……」

浦島《うらしま》家のリビングは、それはもう大変な様相を呈《てい》していた。

対面式のキッチンを擁した間取りで、ソファーや大型のテレビが置いてあったりと、一般的なマンションのリビングには違いないのだが、そこには憩いの場であるはずの空間にそぐわない大量の異物《ランジエリー》が散乱していたのである。

色とりどりのブラとショーツが床と視界を埋め尽くし、可愛《かわい》いものからちょっぴりセクシーなものまで、幅広いタイプの肌着が下着の海を構築していて——

そんな異世界の中心に、下着姿の少女がふたり並んで立っていた。

「あっ、お兄ちゃん、お帰り～」

向かって右、髪をサイドテールにした、豊かな胸を緑のブラで包んだ女の子が笑顔で言って――

「今日は早かったな。そっちの子は恵太の彼女か？」

向かって左、小柄で赤毛のポニーテールが印象的な、オレンジの下着をつけた幼女が真顔でそんな質問を口にした。

そんな幼女に対し、隣の女の子がたしなめるように言う。

「ダメだよ、お姉ちゃん。初対面の人に失礼なこと言ったら。もしかしたら家族には言えないような複雑な関係かもしれないでしょ」

「いえ、普通に高校のクラスメイトですけど……お姉ちゃん？」

その言葉に違和感を覚えた澪《みお》は思わずサイドテールの女の子を見た。

彼女が恵太を『お兄ちゃん』と呼ぶのはわかる。澪より身長があって、大人っぽい見た目をしているが、サイドテールの女の子は恵太より年下なのだろう。

疑問に思ったのは、彼女が赤毛の幼女を『お姉ちゃん』と呼んだことだ。

「自己紹介がまだでしたね。わたしは浦島姫咲《ひさき》っていいます。恵太くんのいとこで、こっちの小さいお姉ちゃんの妹です」

「で、私が浦島乙葉《おとは》。姫咲の実の姉だ」

「え？　姉？　乙葉さんが姫咲さんの？」

サイドテールガールの姫咲《ひさき》に続き、赤毛の幼女が発した自己紹介に澪《みお》が目を丸くする。

それから姫咲と乙葉《おとは》のふたりを交互に見た。

「えっと……逆ではなくて？」

「合ってるよ。私が姉。こう見えても大学生だから」

「大学生⁉」

衝撃の事実である。

まさか、推定身長１４０センチ台前半の幼女が大学生だとは思わなかった。

「す、すみません！　わたし、てっきり……」

「なに？　てっきり小学生かと思った？」

「えっと……」

「いいよ。別に気にしてないから」

「そ、そうですか……？」

そう言ってもらえると助かるが……

「ほんとにね、もうぜんぜん気にしてないし……私はこれでも成人してるし、なんならお酒だって飲めちゃうし……これっぽっちもロリじゃないんだから……」

「ものすごく落ち込んでるじゃないですか⁉」

気にしてないと言いつつ、全力で肩を落とす合法ロリがそこにいた。

「……で？　彼女じゃないならキミは恵太《けいた》の友達か？　クラスメイトって言ってたけど」

「あ、はい。浦島《うらしま》君のクラスメイトの水野《みずの》です」

「ああ、キミが新しく入ったモデルさんか。水野さんが加わってから恵太のモチベが上がってるんだ。リュグの代表として礼を言わせてくれ」

「リュグの代表……乙葉《おとは》さんが……」

ブランドを創設した恵太の父親は外国にいると聞いていたが、現在の社長は彼女が務めているらしい。

「恵太からいろいろ話は聞いてる。若い女の子のモニターは貴重だからありがたいよ」

「いえ、わたしのほうこそお世話になってます」

澪《みお》たちが挨拶を済ませると、なぜか先ほどからずっと黙っていた恵太がようやく会話に入ってくる。

「そんなことより、乙葉ちゃんに聞きたいことがあるんだけど……」

「あ、そうですよね」

主に浦島姉妹が下着姿な件とか、パンツまみれのリビングの惨状についてとか。

そのあたりの事情は澪も気になっていたのだ。

「どうしてふたりして他のブランドの下着を試着してるの!?　まさか俺の作ったランジェリーに飽きて浮気を企《くわだ》ててるんじゃないよね!?」

「えっ、そっちですか？」

さすがは変態デザイナー。指摘が予想の斜め上すぎる。

「ばーか、これは市場調査だよ」

そう言って乙葉が足元にあったピンクのブラを拾い上げ、こちらに向けて突き出した。

どうやらここにある下着は全て新品のようで、そのブラにもまだタグが付いていたのだが……

「あ、この『KOAKUMATiC《コアクマチック》』って、最近よく見るブランドですね」

「お、よく知ってるな」

感心した様子で乙葉が説明してくれる。

「水野さんの言う通り、『マチック』はお手頃な価格設定と可愛《かわい》い系に特化したデザインで若い女の子の人気を獲得してるブランドだ。他にも最近になって業績を伸ばしてるところがいくつもある」

「それで、お姉ちゃんとわたしでライバルブランドの下着を研究しようって話になったの」

「だから市場調査なんですね」

ようやくふたりが下着姿だった理由が判明した。

リビングのミステリアスな光景も、リュグの仕事の一環だったのだ。

「つまり俺は、その『マチック』より可愛いランジェリーを作ればいいんだね」

「まあ、そうなんだがな……」

弟分の確認に、乙葉《おとは》が歯切れの悪い反応をする。

「実は、先ほど問題が発生してしまってな……パタンナーの池澤《いけざわ》が失踪したんだ」

「えっ⁉」

その話を聞いた瞬間、恵太《けいた》が顔を青ざめさせた。

「じょ、冗談だよね……？」

「こんなことを冗談で言うわけないだろ」

「じゃあ、本当に……？」

「残念なことにな。連絡もつかないし、私のPCにメールも届いていた。恵太が働かせすぎるせいで彼氏に振られたから辞めるとさ。まるで呪詛《じゅそ》のようなメールだったよ」

「そんな理由で⁉」

「まあ、私たちが池澤に頼りすぎていたのは事実だけどな。抱えていた案件はきっちり片付けて失踪したからまだ良心的な部類だよ」

「それは果たして良心的なのだろうか……」

呆然《ぼうぜん》と呟《つぶや》く恵太を横目に、状況を飲み込めない澪《みお》が乙葉に尋ねる。

「あの……池澤さんって？」

「ああ、服飾系の仕事でパタンナーというのがあって、簡単にいえば量産のための設計図を製作する服作りの要《かなめ》なんだが、その重要な役割を担ってたのが池澤なんだよ。更にいうと、下着のサンプルを作ってたのもそいつだ」

「それは……かなりまずい状況なのでは？」

「俺の知る限《かぎ》り、リュグ史上最大の危機だね……」

苦虫を噛《か》み潰《つぶ》したような顔で恵太が言う。

重要な役職だったパタンナーの失踪。

下着作りに関しては門外漢の澪でも、それが致命的なアクシデントだとわかる。

「実際問題、すぐにでも池澤の代わりを見つけないと大変なことになるぞ。パタンナーがいないと型紙ができないし、当然、工場に発注もできない。このままだと夏の新作が出せなくなる」

「新作が出せないとどうなるんですか？」

「それは……まあ、その、あれだ……資金繰りとかいろいろあってだな――」

澪の質問に目を泳がせたあと、開き直ったように下着姿の乙葉が告げる。

「かいつまんで言うと、リュグ・ジュエルが倒産する」

あとがき

そんなわけで新シリーズです。前作『可愛《かわい》ければ変態でも好きになってくれますか？』の完結からわずか三ヶ月でのスピード刊行となりましたが、今回の『ランジェリーガールをお気に召すまま』はいかがでしたでしょうか？

見どころ満載の第一巻ですが、なかでも声を大にして言いたいのがカバーイラスト。澪《みお》が持ってる水色の下着、めちゃくちゃ可愛くないですか？　花間《はなま》の書いた本文を元にｓｕｎｅ先生がデザインしてくれたのですが、想像以上のクオリティで興奮しました。もちろんヒロインたちもめちゃんこ可愛いです。

今後、登場人物も増えていく予定ですのでご期待ください。

余談になりますが、実は今回、下着をテーマにした作品ということで資料用にトルソーとランジェリーを数種類購入してみました。購入したトルソーやランジェリーは、のちほど花間のツイッターのほうでお披露目《ひろめ》する予定なので気になる方は覗《のぞ》いてみてください。

最後になりますが、この本を手に取ってくださり本当にありがとうございます。

長く愛される作品になるよう頑張りますので応援よろしくお願いします。

花間燈《とも》

ランジェリーガールをお気に召すまま
Lingerie girl wo okini mesu mama
Presented by Hanama Tomo
Illustration:sune
美少女デザイナーとランジェリーバトルが勃発……!?
第2巻、
2022年
6月発売予定!
ただいま
鋭意執筆中!

MF文庫J

ランジェリーガールをお気に召すまま

2022年4月25日　初版発行

著者　花間燈

発行者　青柳昌行

発行　株式会社 KADOKAWA
〒102-8177 東京都千代田区富士見2-13-3
0570-002-301（ナビダイヤル）

印刷　株式会社広済堂ネクスト

製本　株式会社広済堂ネクスト

Printed in Japan　ISBN 978-4-04-681362-6 C0193

●お問い合わせ
https://www.kadokawa.co.jp/（「お問い合わせ」へお進みください）
※内容によっては、お答えできない場合があります。
※サポートは日本国内のみとさせていただきます。
※Japanese text only

◇◇◇

【ファンレター、作品のご感想をお待ちしています】
〒102-0071 東京都千代田区富士見2-13-12
株式会社KADOKAWA　MF文庫J編集部気付「花間燈先生」係「sune先生」係